JN124183

ママになりたい……私の夢でした

山本敦美

遊んで疲れた私の頭を撫でてくれたり、時々ペロッと顔を舐められました。

嫌だったのに急に付けられた、ヘッドガード“ミツバチ” 隆誠さん、お似合いです。

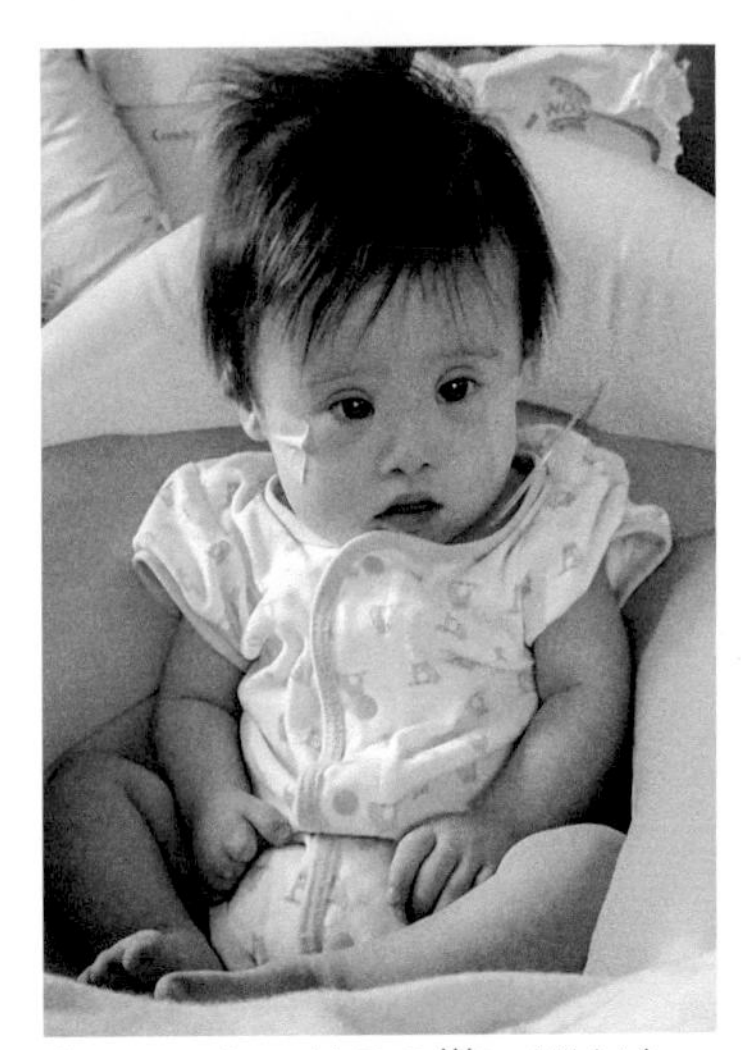

カニューレつけるの嫌いだけど“お澄まし” して座ってます。

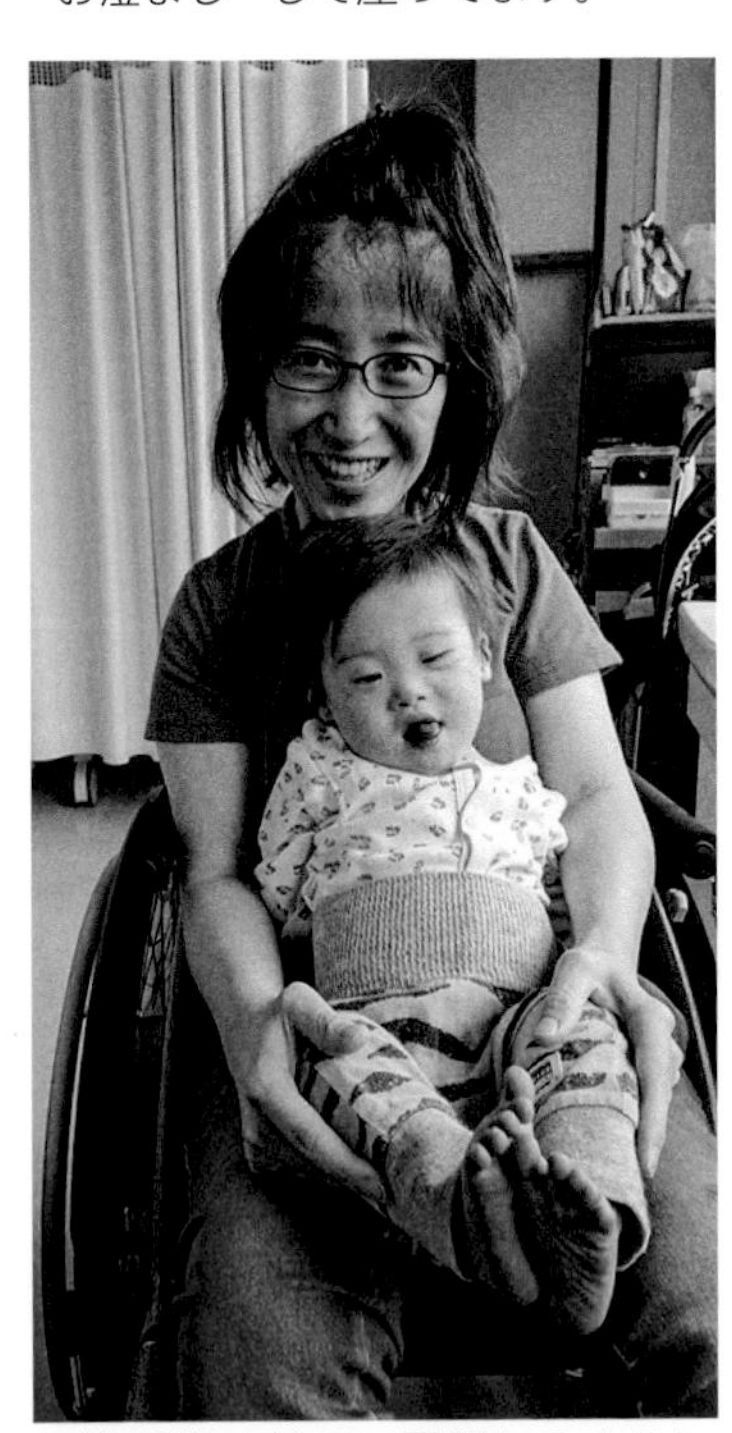

根治手術の前日。頑張れるように抱っこしてあげました。

ママになりたい……私の夢でした

～はじめに～

本書を手に取っていただき、ありがとうございます。

はじめに、この本を書こうと決めたきっかけからお話します。


私と夫の間には、一人息子の隆誠（りゅうせい）がおり、ダウン症で心疾患がありました。

夫は健常者、私は身体障害者でして脳性麻痺で電動車イスを使用しています。

障害があっても恋愛をしていい、結婚を諦める必要なんてない。

生まれてきてから、楽しいことも辛いこともたくさんあって、私がママになるまでには長い年月がかかりましたが、無駄な経験など一つもなく全てが母親になるためにつながっていたのだと思います。**障害者が障害児を育てられるんだから、みんな！自信を持ってね。**

ママも子どもも障害があるけれど、工夫したり周囲の人のサポートがあれば育児はできるということを伝えたいです。

自宅近くの病院で「障害がある子かもしれません、妊娠を継続するかどうかを次の健診までに決めてきてください」と言われてから出産までに二回転院することになりました。初めて言われた時は夫も私もショックで号泣しました。私は羊水検査のリスクが怖いのと、何よりも自分の所に来てくれた子がお腹からいなくなるなんて耐えられない！と泣いて訴えました。夫は初め「検査してみて、もしも手術の必要がある子だったらかわいそうだから諦めようか？」と言いました。産んでほしい気持ちもあるけれど、不安の方が大きかったんだと思います。二人とも大泣きでした。**初めから自信がある人なんてなかなかいませんよね。私だって、いつも不安でした。**

私は夫に言いました。「でもさ、私自身も障害がある身だよ、お母さんが一生懸命育ててくれた、それが何よりの証明なんだよ、絶対に産みたい！」夫婦で話し合い、妊娠を継続すると決めました。

ところが、羊水検査を受ける直前に切迫流産で入院してしまい不安で仕方ありませんでした。落ち着いてから大学病院に転院して**【心疾患がある】**と判りました。でも子どもの心臓手術ができる先生がいないということでまた転院しなくてはならず、二つの病院が挙げられました。産科もあって、子どもの心臓手術ができる方の病院を紹介してもらいました。私は『**大学病院でもできないことがあるの？**』と思ってしまいました。自宅からどんどん遠くなっていきましたが我が子の未来を信じ、転院して三十三週で羊水検査を受けました。羊水検査は子どもを諦める判断材料ではないと思うのです。検査してくださった先生は**「生まれた後の治療方針を早く決めておくため」**とおっしゃいました。検査の結果、二十一トリソミーだと判り**成人式ができる**という希望を持つことができました。夫は「もう迷わないよ、あっちゃんが産みたいって言ってくれて良かった。頑張って育てていこう」と言ってくれました。私は、**障害のある子ならなおさら産むべき**と強く思い、私たち夫婦にとって親になる覚悟を決めた日になりました。

三十八週と五日、大切に過ごして平成二十八年九月二十三日帝王切開で出産しました。

心臓治療は市外の病院、自宅近くの病院は風邪を引いたときや、ダウン症に伴う合併症も考えられるため発達面も含めて診てもらうことにしました。疾患のある子どもは手術ができる病院が限られるため、自宅から遠くなる場合があり病院を掛け持ちしなくてはいけないのです。必要だから掛け持ちするわけですが、通院は大変で手術となると長期入院になる、この本を通して私が伝えたいことは、**病院同士の連携が不十分であることです。**

体調が悪いときにどちらの病院にかかったらいいのか？　専門的な知識がなくても親が判断しなくてはならないのです。それはすごく難しいことです。

私は、その判断を間違えたように思えてなりませんでした。

隆誠が最後に入院した時、どちらの病院にもカルテはあるのに連絡を入れて情報の共有をしていない、状態に応じた適切な処置とは何なのか？　最優先にすることは何なのか？

きちんと対応してもらえたのか、疑問に思うのです。病院のガイドラインがどのように決められているのか私が知ることはできませんが、患者さんの命、家族の気持ちに寄り添って接していただきたいのです。元気になる！という希望を持って家族は頑張っている、患者である我が子はもっと頑張っているのです。

「痛い、苦しい」と言葉に出せない子どもたちなので、より一層注意して看なくてはいけない。「不安だから」「家より安心だから、病院なら適切な処置をしてくれる」と親は思うものです。どちらを受診してもすぐにカルテを見て、疾患で起こるリスクを予測して最優先すべきことを間違えないようにしていただききたいのです。

生後一ヵ月で手術、その後二度の手術を乗り越えた強い息子でしたが、令和元年十二月三十日、心不全のため亡くなりました。

退院した生後三ヵ月から育児ノート（りゅうちゃんノート）をつけていました。隆誠が大きくなったらノートを基にした本を書こうと思っていました。

三年三ヵ月という短い命で、あまりにも悲しくて寂しくてたくさんの後悔が残ってしまい「辛い」の一言では表し切れませんでした。

私の半生を書こう。

自分の生い立ちから隆誠との別れまでを、別れだとは思っていませんが、一冊の本にしてみようと思いました。

私が大人になるまでに感じたこと、日常生活の中で思い悩んできたこと、時が経つと笑い話になるようなエピソードもあるのでぜひ読んでいただきたいです。

そして、どんな子にも可能性は無限にあるということをお伝えしたいです。障害のある方も、健常な方も、障害児を育てる親御さん、福祉や医療に従事している方、たくさんの方々に読んでいただきたいと思います。

目次

～生い立ち～

昭和五十三年七月十一日、私は四人姉兄の二女として生まれました。三人兄妹だと思っている方も多いのですが、第一子である姉が生まれており生後十日ほどで亡くなっています。姉も私と同様、未熟児で生まれて母からは私より小さかったと聞きました。私は市内の病院で生まれてすぐに、愛知県春日井市にあるコロニー中央病院に転院することになりました。脳性麻痺と診断されたのはその頃だったと思います。普通なら、生まれてまずお母さんが抱っこできると思うのですが、二か月も早く生まれ障害がある可能性が高かったからだと思います。母は、私を抱っこをすることのないまま**隠すようにして連れていかれて不安だったそうです。**入院していた私は二か月間ずっと保育器に入っていたそうです。

両親は、未熟児で生まれた子どもを亡くし悲しみが完全に癒えていない中でも二人の兄の育児をしていたのです。ですから母にとって女の子は待望だったかもしれません。出産してすぐに我が子を抱けないのは心細かったと思いますが、『何とか元気になってほしい』と強く祈る気持ちがあったと思います。

私は退院してから二歳まで家族と共に過ごしました。首の座り、つかまり立ちまでの道のりは時間が掛かったと思います。小さい頃の写真は私が一番多く、両親にとって待望の女の子だったことがよく解ります。父と一緒に歩く練習！　泣きながら手押し車につかまっている写真があり両親が希望を持って育てていたのだと思います。

三歳になった私は自宅から離れ、車で一時間強の市外にある療育施設に入園しました。現在とは違って通うのではなく、親元を離れてリハビリ（訓練と言っていました）しながら生活する所で、私は土日に自宅に帰って家族と過ごしていましたが、家の事情で迎えにこられない、家に帰れない子もいました。子どもながらに『かわいそうだな』と感じていて、恋しくて寂しくて泣いていた男の子に看護師さんが添い寝してあげていたことは今も強く記憶に残っています。

幼少期の私です。隆誠は私に似てます。

私は三歳から八歳までいて、最終的なゴールとしては歩行ができる、麻痺による筋緊張を和らげて基本的な動きができるようにする。解りやすく言えば、自分で身の回りのことができるまで訓練しながら身につけるということです。小さな子どもが親元を離れて生活するわけですから、当然寂しくて月曜日の朝は特に泣いていて、きっと母も泣いていたと思います。私は寝つきが悪くて、同室のみんなは寝ているのに自分だけ寝られないのが不安でよく泣いていました。割と大きくなってからでも不安で、夜中に看護師さんが部屋を回ってきた時に「寝られない」と話したら落ち着かせるために、お菓子を食べさせてくれたことがありました。

人見知りの激しい内気な子どもだったので思っていることをすぐに言えず、よく泣いていました。幼稚園は施設の中にあり、小学生になると隣にある養護学校（現在は特別支援学校といいます）に通っていました。退園した八歳からは通学バスで自宅から通っていました。退園してからも、診察や訓練に通っていたので母は大変だったと思います。私の記憶としてはないのですが、幼い頃の写真を見る限りでは恐らく四歳ぐらいになって、歩行器で歩けたと思います。そして、小学二年生あたりで松葉杖を使うようになり四年生の時に足首がグネッと変な曲がり方をして、足裏を真っすぐ下につけられずスムーズに歩けないので、再び入園してアキレス腱を伸ばす手術をしました。小さい頃とは違って寂しくて泣くこともなく、母から電話があっても「あっ、お母さんどうしたの？　何か用？」と言うようになり（笑）あまり甘えなくなったのが母としては寂しかったと思います。四年生ともなると、自分より小さい子の面倒を看ることもできたり、看護師さんに反抗したり知恵も付いて。

忘れられないエピソードとして、ちょっとでは済まされないのですが、ほんの冒険心から夜、自習時間が終わった後に同室の友達とこっそり抜け出したことがあります。近くのコンビニに行き買い物をして駐車場で座って缶ジュースを飲んでから帰りました。松葉杖でテクテク歩き、夏だったこともあり夜でも暑くて汗だくで「着いたね」と話していたら、施設の入り口で看護師さんに見つかってしまいました。

「いない！　いない！」と大騒ぎだったと思います。「あの、大人しかったあっちゃんが？」と思った看護師さんもいたかもしれません。

当然ものすごく叱られました。「事故に遭ったらどうするの？」「何で三人で行ったの？」「あっちゃんが言い出したの？」罰として、友達と離れて小さい子の部屋に移り数日間、お世話をすることになり、話を聞いていても、確かにいけないことをしたけど三人でしたことなのに私だけが悪いと言われているようで納得できませんでした。でも、当時の私にとって雰囲気が怖かった看護師さんが意外にも「怪我（けが）がなくてよかったね」と一言だけ、そのとき反抗していた気持ちがなくなり反省しました。大人になってから知ったのですが、両親も看護師さんに注意されたと聞きました。父も母も、「えらいことしたなぁ」と思ったそうです。母からちゃんと聞いたことがありませんが父が言うには「どういう育て方をしてるんですか！」

とまで。怒られたと聞いて私は苦笑いして「子どものしたことだけどお父さんごめんね」と。忘れられないエピソードです。

一年で退園してまた自宅から通学することになりました。退園しても理学療法に通い終わるまでに母が迎えに来て一緒に帰るという形でした。手術の効果が本当あったのか疑問に思ってしまったことがありました。それは、膝が曲がってきて歩きにくさが増した気がして帰る時間に泣きながら校内を歩いていて、「早くしないとバスが出発しちゃう！　間に合わない」と言って隣のクラスの先生に担いで連れて行ってもらったことです。六年生になった私は車イスを使うようになりました。

私には小学生時代に登校拒否になった経験があります。三年生から四年生の終わりごろまでいじめられていたことがあって、友達を信じられなくなった時期がありました。朝スクールバスに乗ろうとするとお腹が痛くなったり、両親に打ち明けるまで時間が掛かりました。家族とはたくさん話せるのですが、元々人見知りなところもあったので、上級生にまで悪口を言われたらさすがに言い返せず、泣くかひたすら我慢するしか術がありませんでした。教室でも、ある日突然みんなに無視されたり本当に苦しかったです。言い返せる強さが欲しいと思っていました。泣きながら母に打ち明けた時、親だけで話す機会も作ってくれましたが、勇気のない私に向かって母は言いました。

「あんたが弱いからいじめられるんだわ」と。母らしいなぁと思います、今は。長兄は「そんなの相手にするな、勉強して過ごせばいい。バスの中なら宿題しとけ」と言いました。家族の中で私に厳しい二人には鍛えてもらったと思います。泣き言を言っても「頑張れ。そんなんじゃやっていけないぞ。諦めるな」と言われ歯を食いしばる私でした。

中学生になって、友達とも良好に関われるようになり学校生活が楽しくなりました。先生がカッコイイ！と憧れてみたり、音楽にハマって好きなミュージシャンの深夜放送を聴いていたせいで翌日の授業がものすごく眠かったり、楽しい毎日でした。

私の性格の一部に人見知りがあると言いましたが祖父母、特に父方の方は母がそばにいないと落ち着いて話せず泣き出しそうで、いつも早く帰りたいという気持ちでいっぱいでした。いとこがたくさんいるのですが、なかなか思うように話せず疲れることが多くありました。顔を見なくてもいい電話でも緊張して今にも泣きそうになっていました。**『自分は施設にいたし、養護学校だし馬鹿にされてるんじゃないか？』**といつも勝手に思っていました。この時『これじゃ、お母さん怒るよな』と解っていたのですが、勇気が出ませんでしたね。誰かとしゃべるより、部屋で一人音楽を聴いている方が楽だったのですが厳しい母は楽することを許さない（苦笑）。平日は学校、授業が終わったらスクールバスに乗って、バス停に着いたら親が迎えに来てくれて、帰りによる所といえば近所のスーパーぐらいで、買い出しに行っている母を車内で待つことがほとんどでした。スーパーの中は人が多いし、小学生の頃は補装具を履いていたので、すれ違う子どもに「あの脚なぁに？」「どうしたの？」とお母さんに尋ねていたり、視線が刺さるように痛く、傷ついたのは「見ちゃダメ！　こっちにおいで、うつるから」と言ったお母さんがいて、ジロジロ見られて悲しくて悔しくて家に帰ってからよく母に泣きついていました。**「何で私は歩けないの？　何でジロジロ見られるの？」と、小学生までは泣いていました。中学生になっても嫌だ、傷つきたくないという気持ちから、人ごみの多い場所や親の付き添いなしで出かけるのがとても怖かったんです。それでも私の心の中では自分を変えたいという思いもあったんです。母は私の思いを知っていて頑張れるはずと信じてくれていたのでしょうか？　心を鬼にして私の背中を押してくれました。**タクシーに乗ってジャスコに行く！　初めてのたった一人でのお出かけですよ。中学一年生の時でした。お出かけも緊張したのですが、第一関門としてタクシー会社に電話をかけなければならないわけです。祖父母の家すら、かけられず緊張で泣いていた私です。

家までの道をどう伝えればいいかを父に教えてもらい、いざ電話!!

声が震える、小さな声で聞き取ってもらえない、泣けてきて諦めてしまい父に代わってしゃべってもらうことに。娘には甘い父。この時なぜでしょうね？母はいませんでした。泣く私が想像できていたのでしょうかね？

父に送り出された私は買い物を終え、帰りのタクシーの中では少しだけ残る緊張と達成感があって何だか落ち着きませんでした。細かく説明しなくても住所を言えばいいとか帰りなら住所を伝えて、近づいてきた時に言った方が伝わりやすいし自分も説明しやすいと気付きました。**ドキドキしてできないなら方法を変えて慣れていけばいい、苦手なことを打破して進む、私の原点です。外に出る、自分で考えてやってみる、もしかしたらできるかもしれないと自分を信じること。〝何でもやってみよう！〟という思いがハッキリと芽生えた日だと思います。母にほぼ毎日言われていました。「家の中ばっかりいないで出なさい」私の考えていたことが分かっていて、あえて厳しく言い続けてお尻を叩いてくれていたのだと思います。**反抗期でもあったので、よく親子げんかをしていたんです。母にガラスのコップを投げつけたこと、父とは一切口を利かない、目も合わさない時期もありました。高校生になっても反抗期は続いていたと思いますね。担任の先生以外でもよく言い合いになっていました。恐らく私は、イマイチ授業が楽しくないとか養護学校という場所、自分の置かれている環境に刺激がなくてつまらなく感じていたんだと思います。いわゆる、お年頃というものですよね。友達と話すのもいいけど、大人としゃべりたいと思っていた節がありました。

ここでちょっと、学生時代の『恋』について書きますと、中学生の時にデートで映画館に行くことになりなぜだか彼のお母さんも一緒にいて、移動する時などにいてくれて助かったのですが、私にとっては『どうして?』という疑問がいっぱいでした。『二人で協力すればいいのにデートでしょ? 別にいなくても大丈夫なのに』と色々思いました。高校生の頃の彼氏は自宅が市外だったので、会う時はお互い電車を利用していました。私は自宅からタクシーで駅まで行き、着いたら改札で駅員さんに乗り降りの介助をお願いする必要がありました。タクシーに乗って市内に出かけるのは慣れてきた頃ですが、電車に一人きりで乗って外出するのは初めてでしたので、中学生の頃のドキドキと同じかそれ以上に緊張して前の日はなかなか寝付けませんでした。駅に着いてから、介助をお願いする時の第一声「すみませ~ん」が小さく自分の声なのにさらに緊張した覚えがあります(笑)。「どこまで行きますか?」や「どういう経由で行く?」など色々聞かれ『経由? 他にもあるの?』と思って想定外で行き先を言うのがやっとでした。初めてだから仕方ない、恥ずかしがってる場合じゃない。「分からないので教えてください」と勇気を振り絞った私でした。着いた駅にはエレベーターがないと聞いていたので、車イスを持ち上げて階段を上がらなければならずお願いすることばかりで緊張の連続でした。忘れられないのが、階段を上っている最中に駅員さんに言われたことです。「今度から親御さんとか家の人にお願いして」と。年月が経っていて正確にはこの一言しか覚えていないのですが「すみません」としか返す言葉が出ませんでした。このことを彼のお母さんに話したところ、怒って電話をかけてくれたんです。私は「ああ言えば良かった、こう言うべきだった」と後悔しました。事前に連絡しているとはいえ、駅員さんの数が多いわけではない、介助の仕方を分かっている人の方がお互いに楽というか、スムーズに動けるところはあると思います。でもどこに行くにも、ずーっと親が一緒というわけにはいきません。**親にしてもらえばいい**という考えに対して『いやいや、親も歳を取るよ、将来のため自立の一歩を踏み出したんだよ』と思うのです。彼のお母さんもそういった気持ちから電話をかけてくれたんです。充分な設備ではない、人員が少ない所を使うのは不便ですし行き先やルートを変更する必要があるかもしれませんが、事前に連絡してお願いし、こちらは時間に余裕を持っておく。介助してもらえることを当たり前と思わず感謝することを忘れないようにしたいです。そういったことも意識して外に出るようにすれば、時間は掛かるかもしれませんがいい意味で色んな人の目に留まり、もしかしたら電車に乗っている人が声をかけてくれたりその駅にエレベーターが設置されるかもしれません。障害者だけではなく、高齢者や妊婦さん、ベビーカーを押している小さな子どもをもつお母さんも助かりますよね。必要だと伝えるためには、利用しないと改善もされないのです。

〜母のこと〜

母は私が最も尊敬する人です。母は私が高校三年生の頃、五月十二日の母の日に急に外出先で倒れ意識不明になり、一週間後にくも膜下出血で亡くなりました。四十六歳でした、とても若かったです。当時父が五十五歳、兄二人は社会人になってまだ数年の頃でした。元々、高血圧だったのですが私の学校の送迎や家事、パートなど常に大忙しの母でしたので自分のことは後回しにしていました。処方された薬も飲んだり飲まなかったりで私は心配していました。自

母と幼い頃の私

分の食事は、忙しいと残り物を白米の上にのせて、ガガガッとかき込むのをよく見ました。トイレの壁に貼ってあったカレンダーは母の予定がいっぱい書いてあって、真っ黒と言ってもいいくらい、家族のために頑張ってくれていました。母の日の朝「あっちゃん行ってくるね！」と眠気眼の私に言ったのが最後の会話でした。父と一緒に外出して「カラオケ喫茶で歌ってる時に呂律が回らなくなって倒れた」と父から連絡がありました。救急車で病院に運ばれ、意識が戻らないまま一週間で亡くなりました。亡くなったことはとても悲しくいるのが当たり前だった、私にとっては一番の味方といいま

すか、支えであり母は人生の指針のような大きい存在だったのでまるで一人きりになってしまったような喪失感があり、残りの学校生活も含めて自分はちゃんとやっていけるのか？　学校へ行くことも辛かったのですが父には言えませんでした。担任の先生や友人に辛い胸の内を何度も話していました。始めの一年は家族全員、必死で乗り切ったように思います。

高校も養護学校に通っていまして、私の住む市に初めて肢体不自由児のための学校がちょうど入学する年に設立されました。私の場合、自宅から学校までが近かったためスクールバスは通らず母がずっと送迎してくれていました。でも母が倒れてしまった、明日からどうしよう？ということになったわけです。当時父はまだ現役で働いていて昼勤と夜勤がある、長兄も働いている、次兄は県外で働いているので平日の送迎は難しい面がありました。母が亡くなるまでの一週間で父と私は、通えるように市役所や学校の先生、市の社会福祉協議会に相談に行きました。中学生の頃同じスクールバスに乗っていた下級生のお母さんは「近いから良かったら、毎日は難しいけど送迎しようか？」とありがたく声をかけてもらえたこともあったのですが、負担をかけられないのでお礼だけ伝えました。

母の容態は最も悪く、脳死状態になるか手術できたとしても半身麻痺になるかもしれないと言われ、私たち家族は延命措置をしない選択をしました。母が入院していた頃私はテスト期間中だったのですが、母が意識不明の状態にある中で勉強もできない、不安で集中できずにいました。授業中ならまだいいのですが、亡くなってしまうかもしれないという不安と恐怖に押し潰されそうになりトイレで泣いていました。父も長兄も絶対に辛いはずなので家では泣けませんでしたし、ＩＣＵへ面会に行った時に母に話しかけるだけでした。母にとっての親、私の祖母は当時通院中でしたが自分で動けていました。それでも身体のことや気持ちを考えたら、母が倒れて意識不明だとは言えずにいました。

親族も駆けつけてくれたりしていたので祖母は、ただならぬ雰囲気に同居していた孫（私の従兄）を問い詰めてバスに乗って病院に来ていて私と父は驚きました。「どういうことだ⁉何でこんなことになったんだ」と、居ても立ってもいられない。当然ですよね。見ていて辛かったです。今日明日がヤマかもしれないと言われ、自宅に戻り通夜の準備をすることを決めて母が眠れるように、『まだ生きてるのに何で？』と泣きながら私の部屋を片付けました。深夜に容態が悪くなり、東京から駆けつけてくれていた叔母と一緒に身支度をするのですが、泣けてきて思うようにできず病院へ向かいましたが私は間に合わず、父と長兄が看取りました。遅れて到着した私はショックで吐き気がしていました。県外で働いている次兄も葬儀に参列し、肩を落として泣く父の姿や、なかなか帰って来られない次兄の気持ちを思うと、私も辛いのですが我慢して涙をこらえて参列してくれた友人と、親御さん学校の先生に挨拶していました。葬儀、通夜合わせて一五〇人ぐらいの方が来てくださり泣いている間がありませんでした。『母は偉大だなぁ』人徳のある人だと、その頃から私は思っています。

通学の問題は母が亡くなった後、解決できました。協議していただいた結果、家の側まで来てもらえることになり、自宅から手動車いすで四十分もかかってバスが停まる場所まで行っていたので、消耗し過ぎて早くお腹が空いたり、寝坊して朝ご飯を抜いてしまった日には着く頃にはふらふらでした。平坦な道ではない上に、近所に工場があったため、住宅地の狭い道でも朝は中型トラックが通るのでとても危険でした。そのため学校から電動車いすを借りることで、消耗は避けられて十分の時間短縮もできました。

海で泳ぐよりスイカの方が好きでした。

母の性格は基本的には、明るくちょっと面白いので私の友達から好かれていました。頑固で正義感が強すぎる、でも寂しがりで甘えたがりの人です。私に対しては、とにかく厳しい人でした。褒めてもらった記憶はあまりありませんね。その分父が甘やかしてくれたので良いんです。母は厳しいのですが、寂しがりなところもあったので部屋で勉強している私の所にやってきて「家で女は二人しかいないんだから話聞いてよ」とたくさんの愚痴を言いうっぷんを晴らしていました。夕飯を作っている時、車の中、入浴中も私の恋愛の話で忠告を受けたこともありますし、女同士でよくしゃべったものです。楽しいことも含め母のエピソードはたくさんあります。父と母のけんかの仲裁に入ったりもしました。母はお中元お歳暮などを配達する仕事を倒れる直前までしていました。お客さんに指定されれば週末でも行くことがあったので父や私が助手席に乗っていました。母は配達中に女性の「助けて！」という悲鳴が聞こえたと言って、お客さんや私が止めても「じっとしとれんわ！　あっちゃん行くよ！」と言うんです。悲鳴が聞こえた方向に車を走らせました。アパートの駐車場に停まっていたら、罵声を上げている男性がいて母は「ちょっと！　アンタ何してんの?!」と言ったんです。恐ろしいですよね。私が「何考えてんの?!　うちら女だよ?!」と言っていたら男性が「何すか？　オバサン」と言ってこちらに近づいて来ても母は怯まず「女の子に優しくしなきゃイカンでしょ！」と説教し始めました。男性は謝っていましたが私はとても怖かったです。これから先も忘れられないエピソードだと思います。**周りが反対しても、自分が正**

しいと思ったら突き進む人で、私に対しては「そんなんじゃ生きていけないよ！　困るのはアンタだよ、強くなりなさい」といつも言っていました。他のお母さん達が障害のある我が子にどんな接し方をしているのか、詳しく知りませんが母はしつこいほどに「もし明日、私が死んだらアンタどうするの？」と言っていて、でも本当に早く逝ってしまうなんて、母自身も思っていなかったと思います。親に色々言われるのが鬱陶しいと思う年頃です。言葉の中にある母の思いもその時は気付きませんよね。障害がある身体を動かすことは大変で、身支度も健常な人より時間が掛かるわけですが、スパルタな母は私が着替えをする時に時間を測り「十分だった、次は七分ぐらいになるようにしなさい」と言ったり中学生の頃、母が髪を結んでくれていたのですが学校の先生から「お母さん、自分でやらなきゃ駄目ですよ」と言われたその日、母は後ろで見張るという……特訓が始まりました。麻痺がある手だと大変でクタクタでした。でも何とかできるようになりました。三つ編みや編み込みは今もできません。が。和式トイレしかない所もあるから **〝壁に頭をつけて身体を支えて立つ〟** という方法を見出したり、一人でも生きていけるように育てないといけないと、いつも思っていた母です。誰かに面倒を見てもらうのではなく、自分で考えて行動して、たとえ上手くいかなくても諦めず頑張れる人になってほしかったんだと思います。本当は甘えさせてやりたい、自分も甘えて欲しいと思っているけれど、厳しくしないといけないと思っていたので葛藤していたと思います。成長してきて段々、甘えてくれなくなって寂しいと友人のお母さんに本音をこぼしていたと大人になってから教えてもらいました。知らなかった母の気持ちを知ることができて久々に泣いたり、私にとって迷ったり悩むような困難にぶち当たった時、『お母さんなら何て言うだろうか?』と母のことを考えてみたりするんです。厳しい母とは違って、父は私が小さい頃兄たちには厳しくて私に対しては甘かったと言いますか、優しいのですが平等じゃない気がしていました。『何で?あっちゃんばっかりなの?』というヤキモチから、両親のいないときに怒られてしまうんです。『何でお父さんは同じように接してくれないんだろう?』と思っていました。ですから母はあっちも、こっちもと話を聞いたり叱ったりしてくれていました。お互い子どもですし、泣くしかない、父は**泣いているところしか見ずに**兄だけを注意するわけです。そんな父のことも、母は怒っていましたね。他の家庭でもあり得るシーンかと思いますが親は平等に接しているつもりでも、子どもの受け取り方は違うんですよね。兄に対しては子どもながらに寂しい思いをさせていることを申し訳なく思っていました。母が亡くなった後、もちろん会話はあるのですが、私が悩み事や愚痴を父に話そうとすると**応援より心配する気持ちの方が勝ってしまう父。**娘に上手く言えない優しいが故の複雑な気持ちが伝わってくるので、辛い時ほど話せず事後報告になることが多かったですね。

私は小学二年生から書道を習っています。「右手も使うように意識した方がいい、書道でも習ったら？」と当時の担任の先生に勧められました。私の利き手は左手なのですが右の手足は特に筋緊張が強く、左に比べると動きが悪いため、利き手の方を多く使ってしまいます。母と一緒に初めて教室に行った時、先生に「国語とかできるの？」と聞かれました。**『勉強ができない子だと思われている、何もできない子だと思われている。私に障害があるからだ。養護学校という場所を知らないからなんだ。普通に勉強してるのに』私は心の中で色々なことを思っていたのですが横にいた母は「勉強は普通にできます！　アンタも黙ってないで、ちゃんと言いなさい!!」と怒られました。**続けてきたので大人になってからもずっとお世話になっています。有段者になったとき、二回続けて賞をいただいたとき、母が亡くなったときも「頑張りなさい」と言ってくださいました。先生ご自身は「障害のある子どもに教えた経験がなかったからね」と当時を振り返っておっしゃっていました。始めの頃母も教室の中にいて、私の隣りで口を挟んでは先生に注意されていて（笑）それ以来、車で待機するようになりました。

私が具合が悪くて病院に行ったとき、診察に母が付き添うと医師である先生も看護師さんも患者の私ではなく、付き添いの母に向かって話をするんです。私も『先生、私の方を全く見てないな』と思いながらも、母に甘えてしゃべらず過ぎてしまうことが多かったので母は先生に毎回「この子に聞いてください！　ちゃんとしゃべれますから！」と怒っていて「黙ってたら駄目！」と私もその場で叱られました。母は正しい、その通りです。具合が悪いのは私なんですから。母は廊下で待つようになりました。

私が小さい頃、夏のおやつはスイカをよく食べていて一口サイズに切って三人に分けて出してくれていたんです。母が亡くなって二十五年経ち、声を忘れてしまった私ですがスイカを見るといつも母を思い出します。

隆誠が亡くなった後、友人から聞かされた母のことで泣き崩れそうになったんです。「あっちゃんが甘えてくれなくなったから孫ができたらいっぱい可愛がりたい、花嫁姿が見たいなぁ」と話していたそうなんです。天国でも母はきっと忙しくしていると思いますねっ。いつも厳しくて怒られてばかりだったのに「自分がそういう風に育てたんだけど、お父さんの手前厳しくしないといけない」と言っていたそうなんです。母が亡くなって祖母も相当ショックだったと思います、親の自分より先に逝ってしまったのですから。でも私を見てかわいそうだと泣き、父はガラッと変わってしまった生活のリズムに心身ともに疲れている中で必死だったと思います。葬儀の時の喪主の挨拶で「家族四人これからどうやって生きていけばいいか分かりません」と父は泣いていたんです。私はこの時〝お父さんの前では絶対に泣かない、私が家族を支える〟と決めました。大学に行きたいけど就職した方がいいだろう、県外で生活してみたい気持ちがありましたが〝そばにいよう、悲しくて寂しいけれど私は明るく元気でいよう〟といつも心がけて話したくない日であっても、家の中を暗くしないために、まるでラジオのようにずっとしゃべっていました。母は「あっちゃん頼むよ」と私に託したのかもしれませんね。

十八歳の誕生日がきた時点で学校から許可をもらって、授業が終わってから自動車学校に通わせてもらいました。筆記に関してはきちんと復習しておけば合格できると思うのですが、実技が思うように進まず早めに通わせてもらったのに焦るばかりでした。父は二交替勤務だったので毎日の送迎ができず、車校に行けるのが隔週になってしまい身体が忘れて進んでは戻るの繰り返しで、腱鞘炎になったりしました。仮免の試験がなかなか受からず当然、結果的に倍のお金が掛かって父に申し訳ないし、長くいるおかげで全員の先生に担当してもらったんじゃないか？というほどで、受付窓口の方にも「頑張れ、諦めちゃいかんぞ次！　次！」と励ましてもらったり、バリアフリーではないので階段しかなくて、教室に行きたいけど伝い歩きで上がるのは時間が掛かるし車イスもある、ヨタヨタしていたら大学生ぐらいの男の人たちがおんぶしてくれたことがありました。就職先が決まっていて、免許が取れるまで待っていただいていたので途中で投げ出すわけにもいかずいつも半泣きでした。養護学校を卒業して四月にやっと取得できて、嬉しい気持ちはほとんどなく精神的に疲れていましたね（苦笑）。約一か月運転に慣れるための時間をいただいてから就職しました。

~就職、長い道のりだった結婚~

無添加の食品を扱うお店で、私はパートさんとして働くことになりました。レジ打ちや電話応対、商品陳列の準備など座ってできる作業をしていました。一年間でしたが、当時の従業員さんは今でも交流があり、私が名前を覚えているお客さんは多いんです。その後、転職して二十歳になった時に一人暮らしを始めました。

当時交際していた人がいまして、お互いに結婚を考えていたので将来のために生活力と言いますか、結婚生活を始める前に自分で家事ができるように自信をつけたくて父に理由を話してから一人暮らしをスタートさせました。もしかしたら彼の親に結婚を反対されるかもしれない、その時に経験として話せる自分でありたいと思ったからです。初めの一年はグループホームのような所で生活しました。自立を目指す障害者のための第一歩になる場所です。当時は部屋にはそれぞれキッチン、トイレ、シャワーも付いており家賃も必要になります。四年しか住めない決まりがありました。『一年住んで自信も付いたし早く出たい』『一般の所に住みたい、私には四年も必要ない』と思いました。引っ越すと決めてからの行動は早かったですね！　初の物件探しはワクワクしました。**「親御さんと一緒に住まれたらどうですか？」出た出た。**もしこう言われたら、こう答えようかな？と考えもしましたが、言われても『次！　他の所にすればいいいな』バトルするのも時間がもったいないので気持ちを切り替えました。段差があるので……。車イスで入ると傷が付くので……。予想通りの応対をされるわけです（苦笑）。「段差については内見させてください、車イスは中では使いませんから大丈夫ですぅ」できないことを並べては負けると、言い切ったもん勝ち、勢いが必要なときってあると思うのです。三か所目に住んだ所は、新築でキレイで、最初に見てしまったノリに近い感じで決めてしまったんです。「段差も階段もありますよ？」と言われても私は引くことなく「階段は何段くらいありますか？」と聞き返しました。若かったので勢いがあったと思いますね！**『四段なら運動にちょうどいいわ！』と思って契約しました。生活に必要となる手すりや、入浴時のイスと座るためのボード、高い浴槽をまたげないから、すのこを全体に敷き詰めて底上げしたり福祉用具を市の助成金を使って揃えました。退居する時は修復しなければいけませんが「あって邪魔な物じゃないからいいですよ」と言ってもらえた所もありました。新しく造るのなら〝手すりくらいは〟と思いますね。健常な人でもあると助かるときはあると思うのです。**

結婚の約束をしていた人とは残念ながらお別れしました。理由は、簡単に言いますと私が障害者であることが相手にとってネックになったということです。想定していた親ではなく、知人や職場の人にまで反対されたのは傷つきましたね。「あの子と一緒になったら不幸になる」と言われたことを知り、もちろん私は傷つきました。簡単にはいかないものだと思ってはいましたが『反対する人がいても二人で頑張るんだ、そのために一人暮らしをしてたのに私の何を知ってるの?と悔しかったですし悲しかったですね。二十一歳、今思うとすごく若いですが真剣だったので自信をなくし、人間不信に近い精神状態で友人との関わりを断つ時期がありました。でも、相手の方も思い悩んで身動きが取れないくらい苦しかったんだと思います。結婚したことがない二人にとって未知の領域、でも健常者同士でも同じだと思うのです。これも大きな人生経験でしたね。

恋愛をするとキレイになるとか、色々な面で潤いを与えてくれるものだと思うのですが、相手に依存している部分があってすぐに頼ってしまって、今一つ決断できなかったり生活のほとんどが貴女でいっぱいというような状態になるところがありました。生け花教室に二人で通っていた頃、彼が介助してくれていたのですが、一年間は一人で行っていて先生の自宅に入る際に段差を伝い歩きしたり、支えてもらっていました。お互いが動きやすい介助の仕方があることや、お稽古の中で私にとって身体的に何が難しいのか?何ができるのか?きちんと細かく言わなきゃ解りませんよね。私が言わないから**今は時間が掛かるけど続けていけ**

ばできる可能性があるのに工程を省かれてしまって帰ってから言えない自分が悔しくて泣きました。言わなくてもサササッと手伝ってくれる人がいましたからね。たくさん頼っていたんだと痛感しました。自分一人で苦手な雰囲気の場に行くには頑張らないとできないことだらけでした。結婚は無理だと別れを決めたことも言い辛かったですが、頼らず自分でやらなきゃ成長しない、辛いけど弱い自分を変えたい気持ちもありました。生け花教室は二年くらいで辞めましたが書道は続けていけました。恋愛に限らず仕事で行き詰まっていた時「辛い時こそ少しでも書くといいよ、墨の匂いは気持ちを落ち着かせてくれるから」とアドバイスしてもらったことがあります。このままでは良くないことは自分が一番よく解っている、今は踏ん張り時なのかもしれないと思いました。弱みを見せるようで、細かいことは話したくない時もあったのですが、モヤモヤは常にあってそれでも〝仕事と書道はする〟と決めていましたね。教室で話すようになった人が飲み友達になって毎週末、居酒屋で女子二人で飲んだりB'zのツアーTシャツを着ていた私に知らない中年男性が声を掛けてくれてハイタッチしたり（笑）、ある時は、先に着いたのでカウンターで飲み始めているとたくさんの熱くはない視線を感じて。はい、ナンパではなく**車イスの人が一人でグビグビ飲んでるよ大丈夫か？**と言いたげに見られていたんです（笑）。仕事終わりに映画館に行ったり週末はライブ鑑賞、結婚資金に貯めていたけれど必要ない。反動からか、それとも元々私はアクティブ女子？　開花したんでしょうか？　一人旅もするように何だか振り切っちゃってるかな？という感じがありましたね！　女って強い（笑）。ライブは月三回、映画は週一回ぐらいのペースで行っていたので、かなりお金を使っていました。既婚者になった今では考えられませんね。介助者も友達もいない、車イスは目立つので印象に残りやすいようで「あの時来てたよね？」と聞かれたことがあり、一人でライブに行ったことをきっかけに音楽好き同士で友達ができたり。**『あぁ、こういう子も来るんだぁ……』**障害は関係なく出かけるものですよね、でもそう思う人が多いのも理解はできるんです、要するに当たり前なぐらい見かけたことも関わったこともないから、そういった言葉が出てしまうんですよね。**健常な人に向けて自己紹介したときに「明るいんですね⁉」と言われて「暗くないとおかしいですかねぇ？」と聞き返した覚えがあります。**もしかしたら大変なことは健常な人より多いかもしれません、でも大変さなんて人それぞれで、大変だと感じていないかもしれないわけで、障害があることだけで四六時中悩んで何年も続くなんて私には難しいです。『そんな風に思うの？』と時々思わず笑ってしまうこともあります。受け入れつつ、どうしたら楽しく暮らせるか考えた方が意欲が出ますし、お互いに興味が持てて友達になれると思いますね。この頃の私は、老若男女問わず知り合いや友達が増えることが楽しかったんだと思います。「美味しいものをいっぱい食べたいんだけど、どこがいいと思う?」と父に聞いたところ、「函館、帆立喰ってこい、うまいぞ」と言ったのでヨシ！と、北海道函館市に一人旅したり、午前中まで家にいたけど急に京都まで車で行ったり、ご当地ラーメンを食べようと思い立って徳島県に行ったり、美味しそうだなと思ったら東京まで行ったりしました。函館に行ったときは私が一人で来たと言ったら椅子から転げ落ちそうなくらい驚いていて、私にはその反応がすごく面白くてワクワクしました。初対面の人ばかりで知り合いがいない遠い所まで来られて色んな人と話せるのが楽しかったです。初日から帰る日まで、貸切で観光案内をしてくださった女性のタクシードライバーさんのことはとても印象に残っています。最終日に海沿いの回転寿司屋さんに連れて行ってもらえて、帰ってから改めてお礼を伝えました。飛行機ではなく新幹線で一日がかりでしたが、その大変さが逆に楽しかったんです。公共交通機関の手配、ホテルはどうするか?　旅行会社にも聞いてみて協力してもらいました。「大丈夫ですか?」と心配されたので私としても度胸試しにもなっていましたね。

二十八歳の頃、仕事もして一人旅も友達作りも楽しみつつ恋愛もする私はとても忙しかったです。当時、婚活という言葉があったかどうか分かりませんが、実家に行くと時々父に「いつ頃だ？」と結婚のことを聞かれることがあり、そろそろ探さなきゃという少し焦りも出てきて〝結婚相手としてどうなのか？〟とジャッジして早めに見切りをつけたり、なかなか難しいけどイイ人に出会いたいとやっぱり夢見ていましたね。結婚相談所に登録してみたんです。担当の方に大人数が集まるイベントの参加を勧められたのですが、大人数の中に行くと緊張するのと障害のことをすぐに理解できる人はいないだろうと思っていました。何人かの方と一対一で食事をしてみたり、あっという間に二年くらいが過ぎていきました。なかなか上手くいかず退会してしまい、その頃に転職したり今思うと、婚活も仕事に関しても疲れてきたのか迷走していたかもしれません。現実逃避するかのように、ちょっと時間ができると長距離ドライブして、日光まで紅葉を見に行ったり黒部ダムを見に行ったり、いつもドライブは一人です。夫と知り合ってからは車中泊を止めてホテルに泊まるようになりましたが、父から借りた登山用の寝袋はものすごく暖かいんですよ（笑）。みんなをちょっと驚かせようと、十五時間かけて宮城県仙台市まで行ってしまったこともあります。ランチできるように事前に調べて早朝に着き仮眠していたら、お客さんが並び始めて、何とそのファミリーも愛知県から来たと話していました。牛タン定食は疲れが吹っ飛びますよ（笑）。首都高速は分岐が分かりにくいし、東北道は長すぎて、着かないかもしれないと思ったくらい長かったんです。

休憩はもちろん挟みましたが、深夜で疲れていて全身が痛い。でも今更引き返せる距離じゃない。とにかく気合いで運転しました。愛知に帰ってきてから、普段はあまり飲まない栄養ドリンクを一気飲みしました！　父が独身時代に北海道一周をしたと言っていたので、きっと私はそういうところが父に似たのでしょうね。

失恋の傷が癒えてきた頃、七十歳になった父が「俺も先が短いでなぁ……」と言いました。兄も私も結婚していない『心配してるだろうなぁ、言わないようにしてくれているんだろうなぁ、安心させてあげなきゃなぁ、でもうまく行かないんだよなぁ、ごめん』といつも思ってはいましたが、言われてしまうと申し訳なくて三十三歳、ほとんど諦めていた婚活を再開しました。友達と一緒だったり一人でも、五対五や五十対五十などの街コンに参加していました。障害を持つ人は一人もいませんでしたね。『一人くらいいてもいいのに』と思ったほどです。百人集まっても車イスは目立っていたように思います。人数が多過ぎて話しにくく緊張していたら女性の二人組に声を掛けられて、男性がその内に集まってきてみんなで連絡先を交換しましたが進展せず、体験型の婚活イベントで陶芸をしてみたり、三回続けて会う人がいても進展せず悩んだこともあります。悩んでは次、悩んでは次の繰り返しでスタッフの方に励ましてもらったこともあります。お金と時間をたくさん使っているけど私のやり方は自分に合っているのか？『三十五歳になっちゃった、どうしよう』と思って以前とは別の結婚相談所で三ヵ所に絞って問い合わせて、事前情報として**障害があると伝えた途端に声がトーンダウンしまして、やんわりと断られましたがすぐに気持ちを切り替えて即行動。**同じ日に別の所に説明を聞きに行って、ゴールデンウイークという短い期間で走り回りました。「収入が少ないので月々の支払いが多いと大変で払うことに気が行ってしまう、自分でも頑張って探してきたんですけど色々やり過ぎて疲れてしまって、でも何とかしたいんです！　こちらを最後にしたいのでお願いします！　のんびりしてる時間がないので！」ともうすがるような気持ちで言いました（苦笑）。ここを最後と決めましたし、できることを自分なりにやり尽くした気持ちもあったので、夫に出会うのが早かったのか？　夫とは相談所が運営する婚活サイトで知り合いました。ネット会員さんには担当者がいないので、初めは相談所で立会いのもと会うよう決められていたので私も安心しました。すぐに見つけたので『今までの苦労は何だったの？　入会しなくても出会えたんじゃない？』と思ったくらいです。

「あっちゃんだから子どもが欲しいと思ったんだよ」この言葉は嬉しかったですね。私自身も欲しい気持ちはあるけれど、だったらなおさらダラダラ付き合うわけにはいかない。障害があることで、彼の両親は間違いなく心配したり反対する。また別れるかもしれない。でも二十代の頃よりは、冷静に話を聞いたりタイミングを考えたりして、理解を深められると。彼も切り出す時は緊張したと思います。私と付き合っていて結婚するつもりだということ。義父は「ちゃんと家に連れてこい」義母は「大丈夫？　大変だと思うよ」とだけ言ったそうです。「ずーっと一緒にいる覚悟はあるんだな？」と後からも聞かれたそうです。三十七歳、結婚までの道のりは長く散々泣いてきた私です。この歳まで掛かった時間と経験があるから大丈夫、自分を信じよう、〝この人と私は結婚する〟と初めて未来をイメージできました。プロポーズしてもらった日「頑張って良かった」と口に出して私は泣いてしまいました。出産することも考えていた私としては、できれば二十代前半で出会いたかったですが。タイミングは人それぞれですね。結婚の挨拶で私の実家に行った時、父も私が過去に辛い思いをしたことは知っていたので、気掛かりだったと思います。「やっと、ちょっと肩の荷が下りた」と言っていました。私がトイレに行っている間、父が「厳しく育てたら強くなり過ぎちゃった」と言っていたのを後から聞いて「えーーっ⁉　なり過ぎたか、でもそうしないと前に進めなかったんだよ、お父さん」と思いましたね（笑）。約一年の交際を経て、結婚しました。

～ママになりました～

夫の両親・祖母との同居生活をスタートさせました。

一人暮らしが長かった私は、雰囲気に慣れなくて度々胃が痛くなっていました。普通が何なのか？と思うのですが私の実家では、会話が少ないのが普通であまりお互いに関心がないというか、よく言えば干渉しない。母がいたら違ったかもしれませんが、食事中も静かなものです。山本家の食卓には団らんがありました（笑）。暮らしてみないと解らないことは多いですね。子どもができた時のことを考えると確かに「頼れる人がそばにいた方が助かるでしょ？」と夫が言いまして、長年、好きなようにやってきた私は結婚生活そのものが未知の領域で不安はありましたね。

結婚してすぐ妊娠が判って、夫は泣いて喜んでくれました。私も望んではいましたが不安の方が大きく、年齢的にリスクがあるかもしれない。十か月もつのか？　産んでからは絶対に大変だろうし、家族のサポートなしでは難しい。妊娠したことで体型が変わっていくから、今の筋力では追いつかなくて車イスが担げないかも？『私の身体はどうなっちゃうの？』嬉しい気持ちより恐怖に近かったですね。でも三十七歳でしたし、次いつ妊娠できるか分からない、当時はまだ働いていたので先ず仕事をどうしようか考えました。いつまでできるか？　車通勤でしたし、トランクにリフトを取り付けていたのですが、引っ張り上げるための物でも簡易的なタイプなので、中に押し込むのは自力なんです。自分の少ない筋力で重くなっていく身体を支えながら車イスの積み下ろしができるのか？　トイレで転んだとしても介助を職場の人に頼むわけにはいかない。とにかく私には考えなきゃいけないことがたくさんありました。困難にぶち当たっても、努力と時には勢いで打破してきた私も、妊ったとなると不安だらけでした。つわりがひどく、ほぼ毎朝目まいがして休んでばかりになり、とても仕事が続けられるとは思えず職場の人に迷惑をかけたくなかったので退職することにしました。

妊婦健診には毎回夫が付き添ってくれました。初期は週一ペースだったので有休休暇であっても『会社で何か気まずい思いをしていたらどうしよう』と心配でした。とは言えズボンの着脱、内診台に乗るのも夫にしか頼めません。毎回の尿検査もトイレが狭過ぎて、もし転んだら大変なので夫はいつも汗だくで介助してくれました。

十二週のときに、首にむくみが見えて**障害がある子かもしれない**と言われました。とっさに言葉が出なくて、今後妊娠を継続するか中絶するか、羊水検査の説明もされて病院を出るころには、夫も私も口数が減ってしまい私は涙声で、半休を取った夫は「今日はもう休むわ」と言い、当時まだ働いていた義母は帰ったら夫の車があることで、何かあったと気づいたようで私もショックで話せませんでした。妊娠が判った時泣いて喜んだけれど、即決断しなければばいけない状況に堪えられず、夫と二人で号泣してしまい、でも私は中絶なんて一切よぎりませんでした。**障害があったら諦めなきゃいけないの？　今この子は生きてるのに何で？**　お腹からいなくなるのがすごく嫌で嫌で泣きました。羊水検査そのものも、お腹に針みたいな物を刺すので怖かったんです。検査した後『赤ちゃんはちゃんと動いてくれるんだろうか？』と、とても不安でした。夫は「検査してもし障害がある子だったら産まれてすぐ手術とかかわいそうだし諦めようか？」と言いましたが最終的に私が気持ちを押し切る形で決断しました。しかし羊水検査を受ける直前に、切迫流産で入院してしまい、不安でたまりませんでした。お腹の張りを抑えるための点滴をして絶対安静、**尿道カテーテルをすることになりドキドキで、脳性麻痺の私にとって、筋肉の緊張があるため一度身体に力が入るとなかなか抜けないのです。かなり難しいことなので看護師さん三人掛りで苦戦させてしまいました。（検査全般がいつも大変です）。**腹圧をかけちゃいけないからトイレに長く座らないように言われて、小さい頃から便秘体質の私にとっては難しかったです。よって検査は延期になりましたが二週間で無事退院できました。でも「できるだけ、これからも安静にしてください」と言われました。二週間身体を動かせなかったからか、座位をキープする筋力が急激に落ちてしまって泣きながら着替えるという、普段の倍の時間が掛かってしまいました。「赤ちゃんに障害があるとなると、こここでは産後のケアや治療ができない」と言われたので大学病院に転院しました。大学病院では、エコーで診てもらったところ心疾患があって、三つの症状が予測されました。生まれてから二、三か月は特に大変かもしれない、手術をする必要があるけれど「うちでは子どもの心臓手術ができる先生がいないので転院してください」と言われました。二つの病院が挙げられ一つは、小児専門の病院だけど産科がないから出産したらすぐ転院する、ということはすぐには会いに行けない、赤ちゃんと離れることになる。もう一つは産科もある、さらに自宅から遠くなるけど心臓手術をたくさんやっている。家族のことを考えて後者を選択しました。健診に行くたびに「もしかしたら早く生まれちゃうかもしれない」羊水が多かったようでお腹が張りやすく無理をしないようにと言われていました。「やっぱり染色体異常の可能性が高いこと、状態によっては長く生きられないかもしれないし、生まれてすぐ手術しなきゃいけないのもかわいそうだしね」命の話なので医師としては言わなきゃいけないのかもしれませんが、行く度に言われては辛いですよね。看護師さんが励ましてくれましたが先生は良いことを全く言ってくれないんです。市内の病院でも何だか、先生の声のトーンが暗くてこちらも緊張してしまったり、中絶するなんて。**何で産む選択肢を入れて考えられるように話してくれないのか?**

転院してから羊水検査を受けました。三十二週くらいで受ける人は稀だと思いますね。もう受けようが、中止しようが結果に限らず、産んで育てる気持ちでいたのですが、産んだ後の子どもの治療方針を早く決められるので受けることを勧められました。産科の先生には、染色体異常も種類によっては長く生きられない場合もあり、体調が悪くなったとしても延命させる外科的措置をうちの病院としてはしません、長く生きられる可能性が分かっている場合には治療すると。息子は二十一トリソミー、ダウン症でした。私たち夫婦は**『生命力がある大丈夫だ、成人できる』と希望も持てましたし、私には色んな夢がありましたね。**

　三十八週と五日お腹の中にいて、二〇一六年九月二十三日、十四時十五分に帝王切開で出産しました。二五八八グラムで隆誠は生まれました。

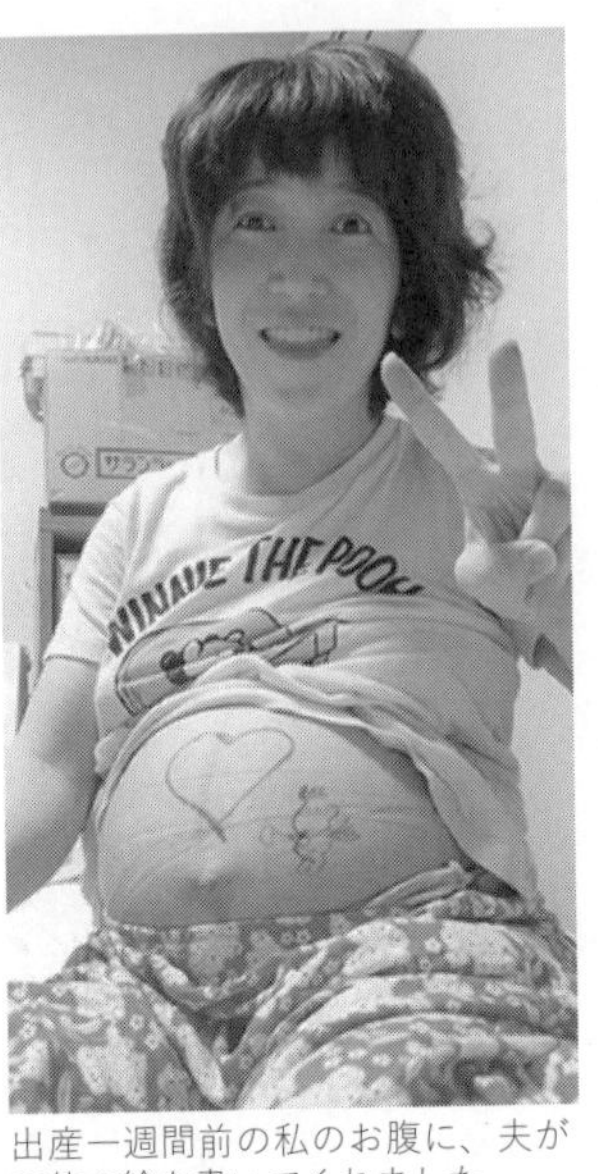

出産一週間前の私のお腹に、夫が天使の絵を書いてくれました。

名前は性別が判った時に舞い降りてきまして、その頃から夫婦の間では名前で呼びかけていました、カッコイイ名前にしたなと我ながら思います。

　帝王切開は「全身麻酔でお願いします」と希望しましたが、私も隆誠も健常だったら自然分娩で産みたかったですね。『帝王切開だから楽とか、痛くないからいいね』

と思っている人が多いかもしれませんが、全く違います。麻酔から覚めた瞬間、子宮収縮によるお腹の激痛で呼吸が荒くなり、しっかりとしゃべれませんでした。隆誠が生まれてすぐ医師から病状と今後の治療の説明を聞いていた男衆（夫・義父・実父）なのですが、私は痛くて苦しみながらも必死で「隆誠くんは？　隆誠くんは？　ちゃんと泣いた？」と枕元にいた義母と

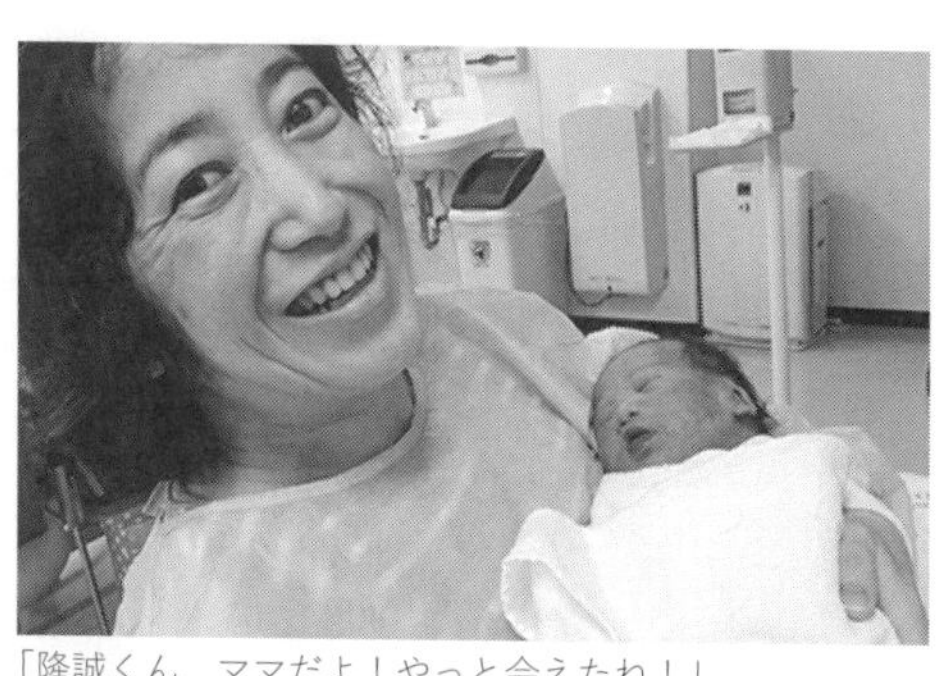

「隆誠くん、ママだよ！やっと会えたね！」

看護師さんに聞きました。「大丈夫！　大きい声で泣いたよ」と言ってもらえて安心しました。みんな心配していたと思います。前日から夫が付き添ってくれていて、当日は帰宅する予定でしたがあまりにも私が苦しんでいるのでもう一晩付き添ってくれました。心疾患があることはお腹にいる時から判っていましたが、右手の四本の指が欠損しているのは生まれてから判りました。生まれた日、夫は対面したとき看護師さんに「抱っこしますか？」と聞かれたそうですが「本来なら最初に対面したいけどしょうがないね……。産んだ私より先に抱っこなんて嫌だからね」抱っこの一番の約束を守ってくれました。この病院には心疾患を持つ赤ちゃんがたくさん入院してきます。そのような赤ちゃんのための集

中治療室があり、隆誠は生後三か月近くまでその病室にいました。私は出産から二日目に抱っこすることができました。

「隆誠くん、やっと会えたね！　ママだよ」嬉しかったです。

生まれてすぐにファロー四徴症で何度か手術をする必要があると説明されました。欠損している指の状態、消化器系に問題はないかどうか検査をしたり心配は尽きませんでしたが、**『元気になるために一つずつ乗り越えるしかない、かわいそうなんて思っていたら進めない』不安でもそう考えるようにしました。親は決断しなければいけない、ブレてはいけない。**

産後の私の身体はボロボロというか、顔は青白くフラフラでした。脚に力が入らなくてベッドから下りられても、上がれなくてナースコールしたくても届かない、看護師さんが来るのをひたすら待っていたり、元々便秘体質で辛いのにさらに苦しくて薬を出してもらい、ゼリーだけを食べることになったりしました。顔が青白くてフラフラでも隆誠に会いたいんですよね、看護師さんに車イスを押してもらって、授乳のために面会に行き、終わったら迎えに来てもらうのが四日間くらいで、最後の方は自走して行っていました。**お腹にいたから大事にしなきゃいけないのであって介助がないと何もできないわけじゃない。そんなこと誰がいいました？**という話です。**「自分のことは自分でできますから」と横で聞いていた夫もムッとしているこ**

とがありました。産後二日目で母乳が少し出て感動と驚きで「すごーい！」と言ってしまいました（笑）。嬉しかったです。一日何回も搾乳しないと張ってくる、初めてのことなので上手にできない、いきなりたくさんは出ない、出やすくするために乳製品のおやつが出されたりするんですよね、私はチーズが元々嫌いだったので苦痛でした（笑）。隆誠より早く退院する予定でしたので入院している間にマスターしないといけないので、休んでる間がありませんでした。家族だけど義父や実父に搾乳を手伝ってとは言えませんからね。ミルクを作る、お風呂に入れるのは誰にでも頼めるけれど、搾乳の仕方、ゲップを出す時の体勢を人形でやってみたり、代わる代わる看護師さんが来て**「どういう風に考えてるの？　大丈夫？」と責められているようで、でも何だか悔しくて。ただでさえ産後は情緒不安定になるのに、何で〝家族に負担が掛からない範囲で一つずつやっていきます〟ではダメなのでしょうか？「頑張りたいのは解るけど、家族が倒れたらもっと大変だよ」と言われた私は「自分の身体的なことは誰よりも解ってます、頑張ってもできないことがあるのは子どもの時から知ってます、だからできることはやるし、できなかったら考えるし、みんなと相談します！」と言いました。産後相談も乗ってはもらえますが、するのは自分なんです。看護師さんたちは私の覚悟を感じ取れなかったのでしょうか？『心配してくれるより〝こうすると良いよ〟と〝一緒に考えましょ**

う〟の方が良いなぁ』と思いましたね。初めての育児は、健常な人でも大変なんだから頑張り過ぎないようにねという意味で言ってくれていたんですが、障害に限らず何もできないと、する前から決めつけられているような考え方が大嫌いなんです。夫にすぐに話して一つ一つ経験値を上げていきましたね。自分が産んだ子です基本的には自分でやりたい。隆誠は手術を必要とする身体でもちろん不安もある、私の身体も出産前の状態にちゃんと戻るのか？　隆誠が退院してきたら本当にできるのか？　手伝ってもらわないと難しいかもしれない。遠慮し過ぎてもダメだけど負担になって倒れてしまうのはもっとダメ。色々考えると大粒の涙が出てしまいましたね。退院してきたらもっと大変で疲れてしまうだろう？　粉ミルクと母乳でやっていきたくて「どうにもならなくなったら薬を服用して母乳を止めます」搾乳の仕方は夫にも知っておいてもらいたい。「色々言われると泣けてきて、いっぱいいっぱいなのそばにいて」と伝え、面会時間を過ぎてしまうけれど仕事が終わり次第、泊まれる準備をして病院まで来てもらいマシンガントークした私でした。夫はとても優しい人でありがたいです。**『夫婦の絆がしっかりしていればできる！　色々言われたとしても大丈夫だ』と思いました。**

私は五日で退院し、産後一か月は車の運転は控えるように言われていたので、平日の面会は義父に送迎してもらい、搾乳した後に冷凍してある母乳を持って行き、土日は夫と二人で行く生活が始まりました。

沐浴は主人にマスターしてもらい、私は搾乳・授乳に加えオムツ交換、最も大事な薬を飲ませること。薬を水で溶いてスポイトで吸い飲ませる練習をしました。上手く吸い上げられないし、早くしないとぐずっちゃう、嫌で吐き出してしまう、頬の裏側に当てるように少しずつ入れる、慣れるまで私の方が時間が掛かりました。帰宅したらまた搾乳する。一人の時は手動の搾乳機を使って搾り出していましたが、奥に溜まっている感じがしている時は張っていて痛くて熱っぽいので、市内の助産院に行ったり来てもらったり夫に頼んで搾ってもらうことが多かったです。部屋にあるテレビや床に飛び散っても出すことに躍起になっていました。ママにしかできないことだから必死で、搾乳機のパーツがしょっちゅう壊れ何回も注文したものです。

実際、隆誠が退院してからもあげていて、あやしながら搾っていたこともありました。疲れるなら止めるか?とも思うのですが、まだ出るならあげたい「止めなきゃいけないの?」と悲しくなってしまうんです。結局、一歳になるまで続けて「よく頑張ったね！ 私」と言ってあげました。三十八歳で初産。「身体の戻りはいつなの？ このお腹周りの脂肪はなぁに？ この太腿は誰ですか？ この垂れたお尻は？ 私の身体はどうしちゃったの？」と始めは号泣しましたけどね。

隆誠の体重が三キログラムを超えたところで最初の手術をしました。

左腕の動脈と肺動脈をつなぐ手術で、最初なので言いようのない不安と恐怖で、抱っこしたらポロポロと泣けてきて、手術や検査前はミルクが飲めないのでお腹が空いてぐずり、吸っても出てこないおしゃぶりをくわえさせられて見ていて切なくなりました。オペ室に向かう廊下で義母が泣いていましたし、心配でしかたありませんでした。術後に血圧が急激に下がってしまい、処置が早くて良かったのですが帰宅途中に連絡があったので恐怖で声が震えてしまいました。病院から掛かってくる電話は心臓に悪くて嫌です。乗り越えたのですが痩せてしまって、手術の影響で乳び胸になっていることが判り、脂肪分の少ない治療用のミルクをさらに薄めて飲むようになりました。チアノーゼの症状を和らげるために手術しましたが、まだ左側だけだったので不完全な状態でしたし、一回で五十ミリリットルを飲みきれない隆誠の体力も、私にとっても精神的、身体的に大変かもしれないと看護師さんに言われて、病院からの紹介で訪問看護師さんにきていただけることになりましたが、もう少し病院にいた方が良いんじゃないかと親にとっては不安を残したままでの退院となりました。入院中に急いでベビーカーやチャイルドシート、電動のベビーラックなどを買いに行きかなり忙しかったです。私自身の準備としては、電動車イスの申請と車を少し大きいタイプに買い替えました。隆誠の通院など外出時に手動車イスでは動きづらくて、段差や傾斜で助けてもらいたい時があっても手が足らず家族が大変になるだろうと思って申請しました。

その頃はまだ義母はパートに出ており、平日の昼間は義父と私と隆誠が二階にいて、一階では祖母が生活しているのですが、高齢なので長い時間抱っこしてもらうのは無理です。よって昼間に頼れるのは義父だけで何回携帯電話で呼んだことか……。四か月間ぐらいはたくさん頼り、一日に鳴らした回数が多かったと思います。退院してから〝りゅうちゃんノート〟に看護記録のような育児の記録をすることを決めました。メモ魔だった私の母に似たのだと思います。書くことが好きな私には苦にならないことでした。ミルクを飲むこと自体、隆誠にとっては相当なエネルギーが必要で舌にチアノーゼが出たり、疲れてきて飲みながら寝てしまったり、赤ちゃんなので当然よく泣きますよね。でも強く泣くと息が上がり、顔色が紫色になり手足に網状のものが現れて「泣かせないでください」と言われていたので、一人で看ている時は不安と恐怖で私まで呼吸が荒くなり、涙声でとにかく必死で「早く泣き止んで！　お願い……」ひどいと気絶したようになると聞いていたからです。訪問看護師さんでも、若干焦ってしまうぐらい泣きのスイッチが入ると大変でした。**親である私と隆誠自身が二人で方法を見つけるというか「大丈夫あっちゃん落ち着いて、りゅうちゃん大丈夫だよ落ち着いて」涙声でもあえて**

声に出して自分に言い聞かせて隆誠にも声を掛けました。ミルクを作ってもらう、泣き止まず疲れたら義父を呼んで落ち着くまで抱っこを代わってもらいました。**私がキッチンに立てる高さになっていないのでお願いするしかなく、哺乳瓶を洗おうと食卓用の椅子を持ってきたのですが、滑って転びそうになったことがあり悲しくて悔しかったのですが、私が怪我をしている場合ではないので、気持ちを切り替えて『頼るとこは頼って、他のことで精一杯やろう』と思いました。**なかなか切り替えが難しかったり、泣き止まないから自分に懐いていないいんじゃないかと思えてポロポロ泣いたり、疲れて泣いたり初めの三、四か月はヘトヘトでした。「そんなに泣いたらえらいでしょ！　覚えなきゃダメ！」なんて無茶なことを口に出してしまったこともありました。看護師さんが来てくれている時間は私にとって本当にありがたくて、聞きたいこと不安に思うこと日々の隆誠の様子、体調について話をしたり看護中、私はちょっと横にならせてもらった時もありました。始めは週五回だったと思います。私の方が顔色が悪かったはずなのに、「横になってもいいですか？」が始めはなかなか言えませんでした。慣れてきて週三回にしましたが私と隆誠にとって大事な時間でした。

サッと抱き上げる、そして泣き止む。『みんなはできていいなぁ、私にはできない一番してあげたいことが自分にはできない。私が産んだのに』できないことがある分、できることは

バテても精一杯してあげたいと思うんです。看護師さんには沐浴とバイタルチェック、タイミングがあったらミルクを飲ませてもらったり、排便時にチアノーゼが出ることが多いため綿棒や浣腸を使ったり風邪を引いた時には鼻水を吸引してもらっていました。ミルクを飲んだ後に汗をかいていて、それはかなり消耗している証拠だから休ませること、私にとっては勉強になりました。私の抱っこの仕方は、右腕に頭を乗せる横抱きで逆だと姿勢を保てませんでした。始めのうちはミルクを飲む時は横抱きで、私が重いと感じてきたらクッションに隆誠をもたれさせ頭を高くして飲ませていました。すごく泣くから、お腹が空いたと思って飲ませるけど違うの？オムツ替えもちゃんとできないくらい強く泣き続けるから鼻づまりになって苦しくて飲み辛そうでまた泣く。ひとまず落ち着かせるために抱っこを代わってもらっていたら、あっという間に夕方でまたミルクを飲むのかと、飲んだと思ったら吐いて焦る私。鼻から出てくると本当に怖かったです。

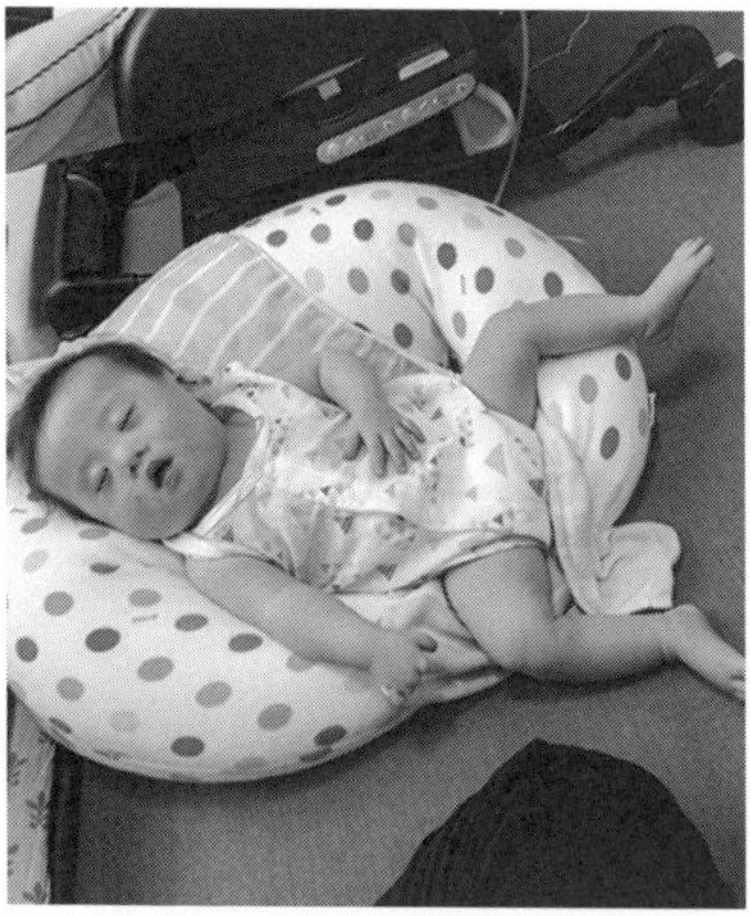

ミルクを飲むのも体力を消耗します。

隆誠との外出と言ったらほとんどが通院なので

す。二つの病院を掛け持ちしており心臓の治療は市外へ、それ以外は市内の病院に通っていました。ダウン症はさまざまな合併症の可能性があるため、隆誠は受診する科が多く売れっ子タレント並みのハードスケジュールで、月に二回は行き、多いと四回行く月もあり、風邪を引くとさらに増えました。二歳になるまでは計七回、九月から三月までシナジスという、RSウィルス感染症の重症化を防ぐための注射を打って、他に予防接種もあるので病院に行く回数が多くなります。ちょっとでも咳をすると、重症化しないようにすぐ受診していました。仕事疲れで眠い夫に頼んで連れて行ってもらい私は自宅で待ち、時間外診療は本当に何度も行きました。入院するように言われるかも？といつもドキドキで、不安で落ち着かず深夜一時なのに訪問看護師さんにメールしたこともありました。

土日に三人でちょっと買い物に行くくらいで、平日は通院か自宅にいて私が隆誠と二人で過ごすのは朝食の後、顔を洗って歯を磨き終わった八時半くらいから、私が夕飯を食べる十九時ぐらいまで。スタートは隆誠の着替えから。相手をしながら次に私も着替えます。三時間おきの授乳、これもスムーズに行かないわけで、ギャン泣きした状態でのオムツ替えは冬でも私にとっては汗だくになるほど大変でした。ミルクしか取っていないので、便が柔らかく脱がしてみると大変なことになっていることも多く、拭いている時に便が！　出てくる瞬間を初めて見ました（笑）。絨毯に付いてしまって、悲鳴に近い声が出てしまう私でした。男の子なので盛大にオシッコも飛びましたね。チアノーゼが出ると焦っていましたが訪問してくれる保健師さんも何となく表情が硬くなっていたように思います。**縦抱きの方が呼吸が楽なんだと解り、でも自分の肩の位置まで隆誠の頭を持ち上げることができないので、強く泣いた時は他の人に抱っこを代わってもらった方が助かりますが、自分なりの縦抱きを見出したい。「ママも一年生だから教えてね、りゅうちゃん」という気持ちで、見出しては不安になる繰り返しで日々格闘していました。ベビーラックは、私が様子を見られるように一番低い位置にしていました。絨毯へ下ろす時に怖いので、首が座るまでは厚めの座布団をすぐ隣りに置いて、万が一私がバランスを崩してよろけても大丈夫なように、一点集中で前傾姿勢が基本です。**

脳性麻痺である私は、体幹が弱いので何もなくても転びそうになりますし、転んだら起き上がるのに時間が掛かる、後ろ向きに転んだら百パーセント頭を打ちます。小さい頃からよく打っていて、割と大きくなってからも母に抱えてもらった時に落ちて病院に行ったり、いま元気でいるのが不思議なくらいです。一年に一回くらい転んで打つので悔しくて泣いています（笑）。

自分が痛い分には『対処できるからいいや』と思いますが何より隆誠が一番、何かあってはならないので健常な人ならササッとできる動きでも、私にとっては全身の筋肉が緊張して何倍

も大変な数分間になるのです。こういう動作も含めて疲弊していたと思います。でも、ちょっと方法を考えて自分でできたら嬉しいですよね！　私まで転ばないように安定した位置で座ってから、膝の上に乗せる形で自分の身体に添わせるように縦向きピタッとくっつける。抱き上げれなくても私なりの縦抱きで。ギャン泣きして呼吸が荒くなると、このやり方で「りゅうちゃん、始めは少し強くお尻トントンするよ」と声を掛けてから落ち着いてきたら弱めて、ゆっくり呼吸ができるようになれば大丈夫なのでそのまま眠ってしまって、私としては泣かせたくないので、起きるまで一時間そのままの体勢だったことも少なくありませんでした。一歳になるまでは抱っこじゃないとお昼寝しませんでしたね。五キログラムぐらいの体重の子を一時間ずっと動かず抱っこしていたら、たちまち腱鞘炎になりましたよ。私が立ち上がって抱っこでゆらゆらさせることは不可能ですが「大丈夫、大丈夫だよ落ち着いて」と声を掛け続けることは大切だと思いました。市の保健センターに四か月健診で行った時、他の赤ちゃんを見てわんぱく相撲にすぐ出

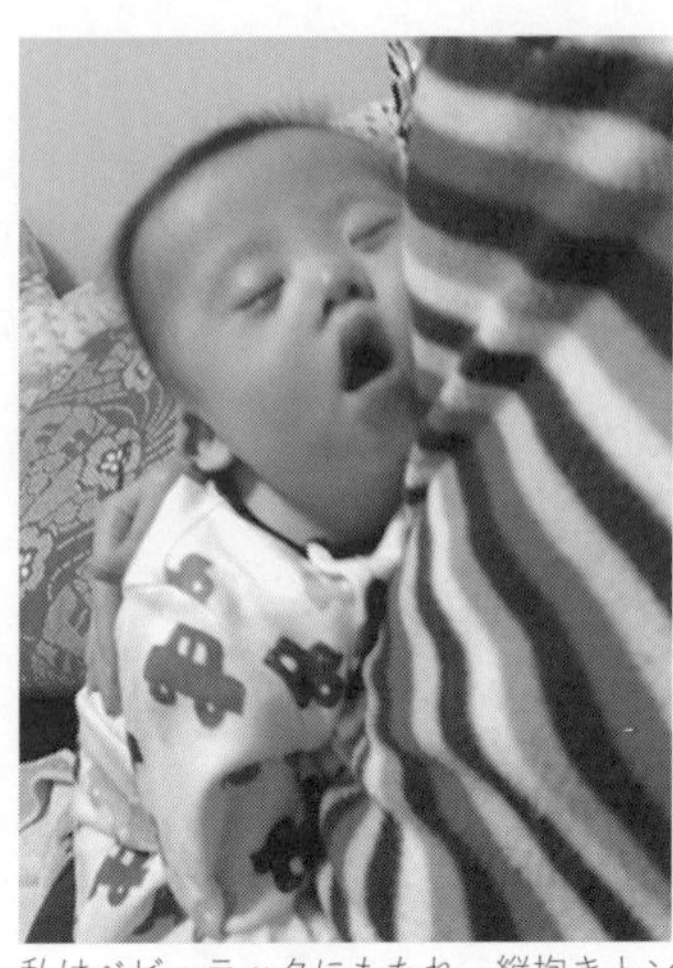
私はベビーラックにもたれ、縦抱きトントンでやっと寝てくれました。

られそうなくらい大きくて顔もパンパンで『本当に隆誠と同じ時期に生まれたの？』とビックリしました。ダウン症の子は発達がゆっくりだと解ってはいるのですが、見ると比べてしまって落ち込みましたね。九月に二五八八グラムで生まれて十月で三〇〇〇グラムちょっと超えて手術で減って、急激に増えたら心臓に負担が掛かってしまう。七キログラムぐらいになったら二回目の手術をする、体重はまた減る。私は体重の増減ばかり気にしていました。でも、五キログラムでも私にとっては腱鞘炎になってしまう。元々、膝痛があって妊娠前までリハビリも兼ねてクリニックに通っていましたが、お休みしていて育児に必死でなかなか自分の身体のメンテナンスができずにいました。辛くなってから行ったので根本的に完治とはならず痛いところが増えていきました。**だからといって「やーめた」なんて言いたくないわけです。確かに、義父母に看てもらえば楽です。楽しそうにすごく可愛がってくれて嬉しいですし、でもね。**夫が結婚の意思を伝えた時、義母は「大変だと思うよ」『子どもができたら仕事は辞めた方が良いかなぁ？　どう

体重が増えるのを待って手術して、終わるとやせる繰り返しでした。

しよう』と思っていたようです。『そりゃ思うよね』とその気持ちは私も理解できました。だからこそ、できることはする、夫と二人で協力する。それでもできない時にお願いするというスタンスでした。夫は夕飯時に帰宅するので、沐浴は看護師さんが週三回、義父には週二回一緒に湯舟に浸かってもらっていました。

通院は二か所なのですが、私の車にはトランクに車イスを載せており積み下ろし用のリフトもあるので、ベビーカーは助手席にしか納まりません。よって人間は三人しか乗れず、雨の日の乗り降りは私自身も大変で、倍の時間が掛かって疲れるので駐車場移動のことも考えて玄関前で義父と運転を交代して、定員オーバーなので義母には別の車で来てもらっていました。ベビーカーを押すのは義母、荷物を持つのは義父、先生や看護師さんと話したり、受付の人とスケジュール調整をするのは私です。**頼まないとできないから気にしてもしょうがないのですが『私はいなくてもいいんじゃないか？　私の存在意義ってなんだろ……』と思ってしまうこともありました**。ほぼ家族総出で、目立ちまくるファミリーです。

隆誠から夫へ、その後に私が風邪を引いた時「俺が連れて行くからいい」と夫が言うので三人で受診したことがありました。隆誠は心疾患があるので念のためレントゲンを撮るので私の膝に隆誠を乗せて、さぁ移動しようと動いた直後に車イスを押してくれていた夫が「やっぱり無理かもしれない……」と言い出し、受付の人に大きい声で「すいません！　この子のレントゲン撮りに行きたいんですけど、夫が体調が悪くて押せないのですいません！　何方か押してもらえませんか?!」目立っていたでしょう、この一部始終を覚えていた人が訪問看護師さんに話したようで「それ、百パーセントうちです」と。そんなこともありました。

市外の病院は、交通量が多いので義母はお留守番していました。大きい病院で自宅からの距離もある、検査も多く待ち時間も長いため、行って帰ってくるとかなり疲れるんです。**基礎疾患がある子たちは掛け持ちしていますし、合併症があると受診する科が多いので大変なのです。私も二つの病院で主治医と話した内容を、素人ですがなるべく細かく伝えなければいけない。隆誠の日々の体調の変化や、確認したいことを前日に手帳に書き出して〝お医者さんと話すのって緊張するんですよ〟医師である方々、そのあたりを解っていただき少しでも気持ちに寄り添ってほしいです。**

帰宅したら隆誠も疲れていましたが、私も電池切れしていました。通院は場合によっては一日がかりになります。孫は可愛い。けれど歩けるようになるまでには結構な時間が掛かりますから義父母にはできるだけ身体を休めて充電してもらいたいのです。

四か月くらいから、絵本をちょっとだけ見てくれるようになりました。六か月でも体重は四キログラム弱しかない、しゃべるのはだいぶ先だろうとけれど聞いてくれて覚えてくれたら隆誠も私も楽しいだろうと思いました。一番初めは名前入りの絵本を注文して、できるだけゆっくりと高めの声で。しゃべり始める日を夢見て……。

少しずつ声に出して笑ったり、喃語（なんご）で「ワーワー」と楽しそうにしゃべっていて、みんなが楽しくなりましたね。それまでは声を掛けても「ヘヘッ」くらいであまり笑わなかったので、寝返りの一歩手前くらいができた頃に楽しそうに笑ってくれて嬉しくて安心しました。確かにゆっくりだけど成長しているんだと実感しました。

七か月くらいから離乳食をスタートさせました。嫌がったけれど一さじから。

泣いたときは落ち着くまで縦抱きしなきゃいけないけれど、それ以外は頑張って寝かせなくても『寝れるのかも？　そばにいれば安心して寝れるのかなぁ』と段々お互いに解ってきた頃でしたね。でも夫には、というか隆誠の中でそれぞれに求めることを分けていて『パパだったらこれやって』と理解していたのだと思います。ママは立ち上がって抱っこしてくれないけど一日中一緒にいる人だと。私の髪の毛を引っ張るようになり、四本抜けたことがありました。私に対しては一番自我を出していたと思いますね。

『パパは僕が泣くとバランスボールに乗って抱っこしてくれる人』

『じいちゃんの抱っこは落ち着くし遊んでくれるから大好き』『ばあちゃんはミルクやご飯を準備してくれて、良い子ちゃんだねってたくさん言ってくれる人』といったところでしょうか？

バランスボールは、ぐずった時、ギャン泣きした時にすごく重宝したんです。三歳になっても激しい揺れがお好みの隆誠くんのマストアイテムでした。

二回目の手術は八か月の時で、体重は五・五キログラムになりました。右腕の動脈と肺動脈をつなぐ手術です。血管が狭くなってきていたので、手術に向けて酸素飽和度を上げておいた方が良いということで、薬を増やして機械と外出用の酸素ボンベをレンタルし在宅酸素療法を始めました。手術の数日前に入院して検査するのですが、高熱が出て延期することになり帰宅したら「あれ？　元気そうだねぇ」と、私が心配する気持ちを感じ取ったのでしょうか？「お家でママのお誕生日のお祝いをしたかったんだよね！」と夫は言っていました。帰宅から二週間後に手術をして、ＩＣＵを出たらもう新生児ではないので一般病棟になり家族が付き添わなければなりません。この時も術後に容態が悪くなりました。肺に水が溜まってしまい苦しくてＩＣＵに戻ったことがありました。「必ず何か起きるなぁ」と思ってしまいましたね。この時は夫が**介護休暇**を取ってくれました。お盆休み中に退院できましたが、また水が溜まるといけないので低脂肪乳を飲んで様子を見るという、振り出しに戻りました。「頑張ろう！　また美味しいのが飲めるからね！」と声を掛けました。手術前は普通ミルク七十五パーセント低脂肪乳二十五パーセントという割合で段階的に普通ミルクを多くしていき、最終的には百パーセントになり、この頃には一回で一二〇ミリリットル飲めるようになっていました。大きくなってほしいけれど、水が溜まったら息苦しくて心臓にも負担が掛かる。低脂肪乳だけを飲んでいた時は、当然ですが体重はなかなか増えませんし、でも身体がむくんでは駄目なので『この子はずーっと小さいままなんじゃないか？』と思ったことも一度や二度ではありませんでした。『せっかく普通ミルク百パーセントになったのに』と大人は思ってしまいます。脂肪分が多いのでやっぱり美味しかったんでしょうね！　飲みっぷりが全然違いました。

入院中か退院した後なのか、できることが大体一つ増えていました。入院している時はずっとベッドの上か、元気になってきても廊下を散歩するか、デイルームに置いてあるおもちゃで遊ぶくらいですぐに飽きていました。寝てる間に夢でも見て、寝返りや大人たちの言っていることを覚えて理解できるようになっていたかもしれません。寝返りしかできなかった頃の方が喃語でたくさんしゃべっていたように思います。『動きたい』『～したい』『ここ開けて』など、できるようになってからの寝返りの速度が速くて『目、回らないの？』とよく思ったものです。

距離も伸びて、部屋にある絵本を引っ張り出す力が出てきてびっくりしました。

術後は抵抗力が落ちますし、**寒くなると私もよく風邪を引くので術後と冬場は特に神経をとがらせていました。隆誠に対しては鼻水を垂らしただけでも私は心配で強い精神的ストレスが掛かっていました。マイナスに考えない方が良いとは思うのですが一度でも咳をすると、どうしても私の方の心臓がバクバクしてしまいました。**すぐに病院に行き「ミルクが飲めなくなったりしたら、また来てください」といつも言われていました。一度、微熱があってミルクを飲んでもすぐに寝てしまって、私はあまりにも不安で半泣きになったことがありました。でも自分の体調が悪い時や隆誠の体調が悪い時に助けてもらえるので、夫の両親と同居していて本当に良かったと思います。離乳食の量を相談したり、薬を飲ませるのに苦戦したら交代してもらったり、泣き止ませることができなくてママなのに、と自信をなくした時「大丈夫、ちゃんとお母さんできてるから、何で泣いてるか?なんて、じいちゃんでも解らんって言ってるよ」と。

気持ちが楽になりましたねっ。自力で排便できるとみんなで喜んだりしました。

小児科や循環器科、整形外科、眼科、手術前だと心臓外科と受診が多くて大体ギャン泣きで大人も汗だくなのに、耳鼻科だけは「どうしちゃったの?」と思わず笑ってしまったくらい大人しくて耳は大丈夫むしろ気持ちよくて好きなんだと判りました。鼻をかむ、顔を拭く、髪の毛を切る、新しいものを食べるなどは物すごく嫌がるのに耳掃除は大好きでした。

亡くなる二日前も、身体はきつかったはずなのに手を止めると何度も「お耳やってと」ジェスチャーで催促していました。これが私にしてあげられた最後のお世話でして、私の母も倒れる前日に私の〝耳掃除〟をしてくれました、とても不思議です。

離乳食がなかなかスムーズに行かなくて、ダウン症の子は舌が敏感らしくスプーンを変えてみたり、私が食べて見せたり試しても駄目で、私の心も折れてきたときは夫がいる土日にゼリーで試してみたり、舌先だと嫌かもしれないと教わってしっかりと奥までスプーンを入れるようにしました。確認しながら食べさせるのですが今度は「オエッ」となってしまって、こちらも慌てる始末で調子がいいと三口連続、ミルクがメインでしたが少しずつ食べていましたね。

一歳を過ぎたら三本の歯が見え始め、おもちゃのラッパを三回吹けたり、三十分くらい掛かって離乳食を初めて完食できたり、ミルクの後のゲップが大きな音で出せたり、頭を上げて三秒キープできたり、隆誠の成長は私にとっては励みになるので小さな出来事でもすごく嬉しかったです。昨日できなかったことが、できるようになってる！　そういうことが多く、すぐにはできないけれど、ちゃんと見ていて覚えたことを貯めておいてある時まとめて出して見せて大人たちを驚かせるという感じですね！　うつ伏せで頭を上げて絵本を見ていたときはびっくりしました。オムツをいっぱい出して「あっ！　見つかっちゃった！」という顔をしたり、私が脱いだTシャツにくるまって落ち着いていたり、気分転換に私がスマホで音楽を流して歌っていたら、星野源さんの「恋」が気に入ったようで、ぐずった時だったのですが、大人しく聴いていました。好きな歌があるって楽しいし親も発見できて嬉しいですよね！　とはいえ、夜泣きはするので夫も大変だったと思います。

「ママの使ってる物は触りたい！」搾乳しながら面倒を見るのは大変でした（笑）。

癒（いや）しになるようにと、昼間の様子をいつも動画で知らせていました。

節目節目で記念撮影をしてきまして、お宮参りの後は義父母、義祖母、私の父も一緒に撮りました。始めは正面を見れないし、じっとできず脚がすぐ動いてしまったり大人だけが必死で、何とか撮り終えて一冊にまとめるために抜粋してフレームはどうするかなど時間が掛かるので隆誠はいつも先に帰っていました。近所にあるフォトスタジオなのでとても便利でした。一歳二歳三歳と、人見知りで泣いてしまって抱っこのままパパが背中を向けた状態で撮ったのが二歳で、三歳になると離れていても一人で撮れてしかも、笑顔で一人遊びしながら呼ばれたらカメラ目線で!! 楽しい思い出です。

私は幼稚園も小・中・高となっても周りは障害者ばかりの環境で学生時代を過ごしてきました。クラス替えもないから刺激がなくてつまらないと思っていました。そういう気持ちがずっとあったせいか、成人してからは意図的に健常な人と関わるように、いつも「違う場所がいい」と思っていたんです。障害者ばかりと関わっていると、当たり前のことをしているだけなのに「あっちゃんは進んでるね」とか「すごいね」と言われることにものすごく違和感がありました。でも健常な人と話しても、一人暮らしをしていることや車の運転ができることをすごいと言われてしまうんですよね。

『違う世界を見てみたい!』とずっと思っていたんだと思います。

でも結婚して障害児を持つ親になり、ちょっと意識が変わりました。隆誠の将来のためにできるだけ障害者福祉に従事する人とたくさん関わっておいた方がいい、隆誠が一歳の頃からSNSに載せるようになり〝障害児を育てる障害者がいる〟ということを知ってほしいと思う

ようになりました。

お粥のステップアップはできてきたので、次は野菜も食べなきゃと挑戦したのですがオエッと吐き出し、それには時々私も怒ってしまいました。「じゃあ！　すりおろしりんごは？」駄目でバナナを試したら「あっ！　食べる！　食べる！　催促してるじゃん！」やってみるものですね。でも……後にバナナを嫌いになったんです。謎です（笑）。

スマホで音楽も聴きますが、あまりにも耳に近づけていると身体に良くないかと思い携帯ラジオを渡してみたら、鳴らしっぱなしで寝ていたり表情が豊かになってきて「ねぇねぇ」と私の手を引っ張ったり、ハイテンションの日があったりたくさんの変化が見られるようになりました。ハイテンションでも、ギャン泣きした時と同じように私は、お相手をしなくてはならないので大体グッタリなんですけどね。でも人見知りが顔を出してきた頃で、訪問看護師さんが来るとギャン泣きするようになってきて「あれっ？　今度からお面被ってこようか？」と、急に始まった感じがしました。退院してきた時に義父が抱っこしたら泣いてしまったり、私の父が来て私より先に部屋に入ったら「知らない人が来た！　ママは?!」とギャン泣き、パパかママがそばにいて一時間弱くらいすると慣れたかなぁ？　と、たまにしかこないので毎回「助けて！」と泣いていました。ちゃんと識別できているということなので、親としては嬉しい成長でした。

　私がパソコンを立ち上げてネットニュースを見ていると、構ってほしい隆誠は絵本をたくさん出したり、オムツを全部出したり、またある時は出した本を私が片付けていたら、背中に気配を感じて片付けるところをじっと見ていたんです（笑）。**いつ興味を持つかは判らないけれど、ずっと点けていたらNHKの〝おかあさんといっしょ〟も観て声に出すようになりました。絵本も読み続けていたら好**

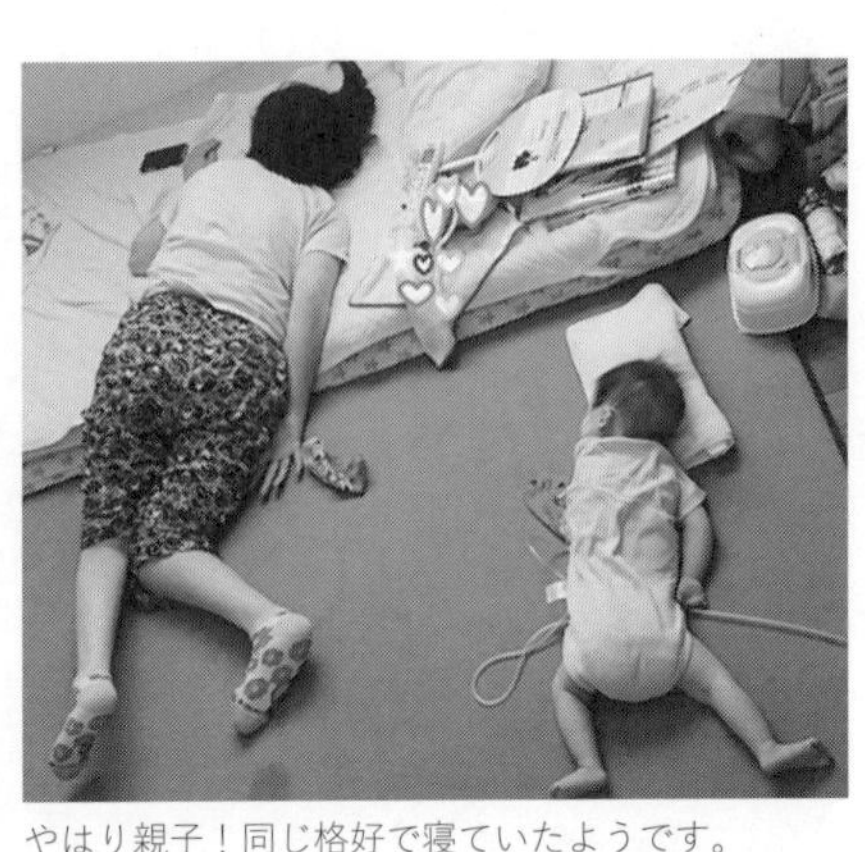
やはり親子！同じ格好で寝ていたようです。

みがあることが判ってきて私も嬉しかったです。大きな動作もプラスして。一緒になって遊べばママも絶対楽しいですよね！　両手を合わせて〝上手上手〟とパチパチしていたら真似できるようになって、看護師さんも一緒になって感動したことを覚えています。ちゃんと意味が解って、右手の指が欠損していても大きな音が出せるし〝今できなくても見てるもんね！〟と私も自信が持てましたね。生まれてから一か月で手術して、退院してからの四か月間は昼間、義父がずっといてミルクを作ってくれていましたし、買い出しも私が一人にならないよう、どちらかが家にいてくれました。一歳を過ぎたら一人でお昼寝して、ぐずったら○○しようというふうに切り替えて、**ケトルでお湯を沸かすか水筒にお湯を入れて、机の上に用意しておけば私一人でも何とかなると解って、始めは不安になっていましたが、気兼ねなく出かけてもらいたいので提案してみてよかったです。**

隆誠のために療育を受けさせたくて、一歳七か月くらいの時に手帳申請のため知能検査をしました。発達段階は生後六か月くらい。本当はもっと声が出るけれど、人見知りでぐずっていました。人見知りは成長の証しなのですが、手帳に貼る証明写真を撮るのに泣いてしまって夫は汗だくだったようで、私は車で待っていたのですが時間がとても長く感じられました。**療育施設の見学に二人きりで出かけるという私にとっては大きなチャレンジをして、車で行って職員の方に隆誠を降ろしてもらうという、私のことまでお願いするわけにはいかないと思っていたので事前に電話で細かく伝えてから行きました。オムツを職員の方が替えてくださったとき、初めての二人きりの外出で緊張していた私はつい「すみません」と言ってしまいましたが、人見知りを克服するには良いことかもしれないと切り替えて捉えるように**

しました。訪問リハビリの時も、私がそばにいると甘えてしまうので、呼ばれるまで私は隣の部屋にいるようにしました。

人の手を借りればできることが増えていき隆誠と一緒に外出できるかもしれない。人に慣れてほしい、小さいうちから色んな人と関わって、心豊かに楽しみながら生きてほしい、私が身体的に難しいからといって子どもの可能性まで狭めたくないと思っていたからです。

「おじいちゃんおばあちゃんがいるなら看てもらえますよね？」と市役所の方に言われてしまったのですが発達が遅いことは、〝可愛い時期が長い、それって楽しいよね！〟とプラスに考えることも確かにできるのですが、手が掛かる時期が長いということで義父母が私の父より若くても、ずーっと抱っこしたり孫を走って追いかけることは大変です。私が健常であれば、頻繁にある通院で帰ってきたらクタクタにならなくてもいい、一緒に遊んで思いっきり可愛がって楽しんでくれたらいいと思うのです。隆誠は男の子なので走り回ったり力も強くなるのになぜ、支援を受けられないのだろう？　倒れてからでは遅いのに。夫の両親と祖母との同居生活でスタートしましたが、バリアフリー住宅を建てるために打ち合わせを重ねていた時期でもあって「三人暮らしになるんです」と話したら「旦那さん、いらっしゃいますよね？」という言葉が返ってきて私は思わず笑ってしまいましたね。「いやいや、旦那さんは会社に行ってるよ」

通院も多いので週の半分でも利用できないか？　私たちのような家族の前例がないため、知り合いをたどって相談員の方が間に入って何度か話し合ってもらいました。悪い方向には行ってないけどなかなか〇にはならないのが現実でした。

受けられない支援があるということに疑問を感じますね。前例は作らないと駄目だと思います。前例になる一人目の人がなかなかOKをもらえないのも理解できるので、後に続く人たちのために声を上げないといけないと思いましたね。ずっと両親に介助してもらうのは大変なことです。家族だとお互いによく解っているので気兼ねはないですが親も歳をとります。私の母のように突然倒れて帰らぬ人になる可能性もあるわけで、体調があまりよくなくてもお母さんは無理をして頑張ってしまうのです。その結果、病院になかなか行けなくて取り返しのつかないことになってからでは遅いんです。支援を受けることで隆誠が生活をしやすく、義父母にも負担にならない程度に、みんなが健康で長く暮らせるようにしたい、可愛い息子だからこそ将来のために、困った時にも頼れる場所をできるだけ多く作っておくのが親の務めだと私は思います。もちろん私ができることは精一杯してあげたい、でも悔しくて悲しいくらい頑張ってもできないことはあるんです。できることが健常な親御さんより限られる分、できるように日々対峙するなかで方法を見つけて、愛情を注ぎ関わっていました。『ママは抱

４本の指が欠損していても、上手に右手を使っていて教えなくてもできていました。

僕とママのスキンシップだよ！

っこできないみたいだなぁ、じゃあ僕がママの脚にくっ付いてみよっかな？』夫や義父母のように、私はササッと抱き上げられないので、かわいそうに思えて切なく寂しい気持ちになるんです。でも隆誠の方から来てくれて私に〝スキンシップは無限大なんだよ！〟と教えてくれたようで嬉しかったです。『やっぱり私の子だなぁ』と学びにもなりましたね。

根治手術の前には、椅子にもたれて絵本を見られるようになりました。

十時間にも及ぶ手術を乗り越え退院してきたら、今度は離乳食を嫌がるようになってしまい、また一からやり直しました。

根治手術が終わったので、私は約三年ぶりに晩酌しました。

大人になったら一緒に飲みたいと思っていたんですけどね……。

体力がついてきて遊びも増えましたね！　おもちゃ、おやつのゼリー（お菓子は一切食べません）部屋の中の色々な所にしまう、隠すんです。子どものすることって面白いですね！　上にあるものを取りたい一心で手を伸ばしていたら、ダウン症あるあるの『アスリート並みの開脚』をしていたところから前に出せて、手を着いてではありますが『座位に成功!!』写真に収めたい私はスマホを持つ手が震えまくりました。退院してきたら何か一つできるようになってるんですよ、すごくないですか?!　私に向かってスマホを投げて見事に腰に当ててくれるコントロール抜群のやんちゃ坊主に成長しましたけれど（笑）。でも外では騒がず動物園に行ってもムスッとしていましたし、一瞬笑ってくれて私は嬉しかったのにカメラを向けたら真顔になってしまったり、二歳の誕生日にケーキを少しだけ食べられたけれど、そのときも私の父に対しては泣いていましたね。義祖母に対しては慣れないままでした。苦手だったようでドアの方を指さして『パパ帰ろう』『あっち行こう！』と落ち着かずすぐに〝バイバイ〟して「大きいおばあちゃんかわいそうだよぉ」と言ってよくみんなで笑いました。

ベビーカーを押してくれる人がいないと外出できないけれど、隆誠の人見知りを直すために

も、ダウン症の息子と脳性麻痺の私と健常な夫、私たちの姿や日常を色々な人に知ってもらうためにも外出することが大事なんですよね。人見知りな分、家では私に対しては特に感情をぶつけてきました。部屋を散らかし過ぎたり、言うことを聞かず叱るとかみつくんです。ものすごく痛くて、一番ひどい時はお風呂に入ると傷がしみて二週間近く治りませんでした。立派な歯が生えているのに、食べ物はかまずにすぐに飲み込んでしまうので尖った歯をしていて、かみつかれるとすごく痛い。毎日が闘いでしたね。パワフルになってきて声もデカいんです（苦笑）。泣いてなくても大きくてテレビの音量を四十五くらいにしないと聞こえないときもありました。『さすが二歳！』と思いますね。人見知りもするけれど、部屋から脱走したり一人で座って〝おかあさんといっしょ〟を見て大声を出していたり、粘着クリーナーで掃除してくれたり、できることがグッと増えました。散髪はハサミだとものすごく嫌がって、格闘するので時間が掛かり三人とも疲れるのでバリカンに変えてみたり、寝ぐずりはあっても可愛い寝顔や、遊んでいたままの体勢で寝ているのを見て**『これがあるから日々の格闘も頑張れるんだよね』**とよく思ったものです。運動量が多くなってきて、冬でも頭皮に汗をかいていたんです。バリカンで刈る数字を間違って、坊主頭にしてしまったら可愛すぎて大笑いしてしまいました。笑い声が大きいと驚いて泣くこともありましたが「りゅうちゃん、かわいいねぇ」と大人が喜んでくれると子どもも嬉しいんですよね！

九月に二歳になり、十一月に座位で手をパチパチ、年が明けたら〝補助ありでつかまり立ち〟ができて、私は嬉しくて泣きましたね。私のパソコンのスイッチを入れちゃうしびっくりしました。教えて覚えたこともたくさんありますけれど、パソコンは絶対に見ていて覚えたのだと思います。ホントによく見てますね……。ママと同じことがしたいんですよね！　動き回るから着替えがちっともできなくて、完了するまで一時間掛かったこともあり私が疲れてしまうので、気が済むまで遊ばせておくことも多くなっていました。私には持久力がないので、頑張り過ぎると疲れから転びやすくなるんです。「飽きたら戻ってこいよ」と〝ドアを開けて廊下に放牧〟したり(笑)。匍匐(ほふく)前進のようなずり這(は)いと寝返りなのですが、物すごく速いんですよ！　気分屋さんなので食事も時間が掛かりますし私が『休憩しようかな？』と思っても「相手をしろ」と言うので、じゃれ合ってみたり一緒に廊下に出てボール投げをしたり、その頃の隆誠はハイテンションで嬉しくてしかたない

大体、足元にくっ付いていました。

のか、肘這(ひじは)いの体勢からブレイクダンスみたいに回ったりして「キャッ！　キャッ！」と楽しそうで、夫は「パパには見せてくれないの？」と残念がっておりました。ハイテンションから急に電池が切れたように、スーッと寝るので子どもってすごいですよね。寝顔が夫とそっくりなんです。いつも夫が先に寝落ちしていて、隆誠も寝たら二人を隠し撮りするのが私の楽しみでした。寝ている時の体勢は私と全く同じだったらしく、隠し撮りされました。

週末にお出かけするのですが、子どもがたくさんいるところで「ほらっ、一緒に遊べば？」と抱っこから下ろすと大人しくなっていました。親戚の家に集まったときは、子どもが怖いようで『あなたも子どもだよぉ』と思うのですが、親やおばあちゃんがいれば大丈夫だけど、じっと様子を見ているという感じで「仲良くしよっ」とグイグイ来られると逃げてしまうシャイボーイでした。

~バリアフリーの家~

二〇一九年三月末に、新居が完成しまして三人暮らしになりました。資料請求をして完成するまでに一年三か月掛かりました。夫の実家の隣の土地に平屋を建てました。家事全般を私一人でできて、育児しやすい身体に優しいバリアフリー住宅です。資料請求の際に、要望を何社かにメールで伝えても実際に出向いてお話をしなければ細かいことは解らないんですよね。

「車イスのままで料理したいんだけど、ここのメーカーさんは今まで施工したことはありますか？」

「できますよ！」毎回返答されましたが、どこも施工例を見せてくれませんでした。一から造っていて、障害者主体のお家というのはありませんでした。平屋の方がお金が掛かるということ、それでも設備面は絶対に妥協できませんからね。ショールームに行っても、既存の物は私にとっては意味がなかったり、お風呂・トイレは事故につながり危険なので絶対に妥協してはいけませんので、ヘトヘトになるほど長時間シミュレーションしました。手すりの高さは、位置によって身体への負担と実際にできるか否かが、ミリ単位で全然違ってきます。そのショールームは一部、メーカーさんしか入れない所があるんです。開放して知ってもらった方がいいのになぁと思いますね……。カタログを見るだけじゃお互い解らないですよね。玄関前と、車庫側にも入り口を造り、両方にスロープを作って車から降りたら、車イスは下ろさず積んだままで、這(は)って上りたかったので傾斜は特に緩やかにする必要がありました。長年、自力で車イスの積み下ろしをしてきましたが**省けることは省いて身体に掛かる負担を少なくする、余力を残しておかないと家事と育児を頑張れないからです。**私専用の出入り口ですが、健常な人でも荷物がたくさんある時には車庫から近い方が楽ですよね。這っても怖くない安全な角度を決めるために、車庫側のスロープを実際に作ってもらい営業所の駐車場でシミュレーションしました。夫も這ってみたり「ちょっと怖いです」とか「ここは良いけど、ここは駄目」とか。外のスロープも家の中も、膝(ひざ)に負担の少ない床材を選びました。スイッチの高さ扉の重さ、キッチンの高さ、車イスの回転域の確認など細かく打ち合わせしました。福祉仕様のキッチン・お風呂というのは種類が少ないんです皆さん……。でも**こだわっていいんです！勧められたものしかできないと思わず言いましょう！**「もっとおしゃれな色はないんですか？探してください」と私は言いました。ずーっと暮らす家ですから、気に入った物にしたいです。玄関扉は青色なのですが、本当は赤色にしたかったんです。でも引き戸が青しか、明るい色がなかったので〝じゃ、どこかに赤を！キッチンで！〟ということに決めました。**前例がないのなら我が家を第一号に！**

いいお家ができました。夫とメーカーさんに感謝です。

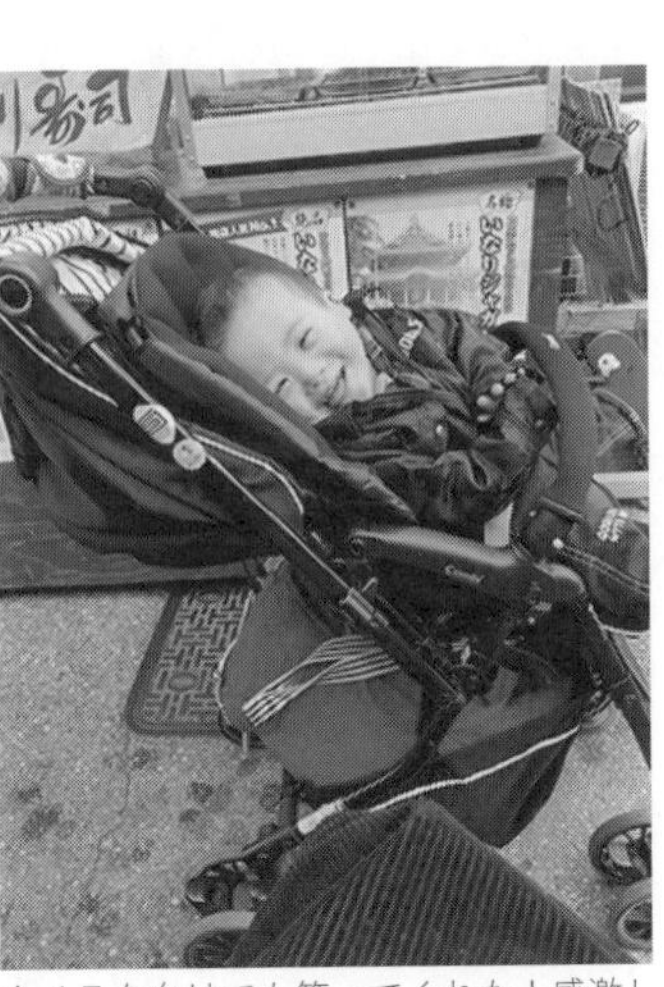

カメラを向けても笑ってくれた！感激しました。「お出かけ楽しかったね」

同居していた時は、隆誠のお世話のみが私の役目だったので、ずっとお相手できるのですが家事ができる家になったため、私の仕事が増えたので隆誠に構う時間が減り、住み始めてから特に二週間はギャン泣きしていて、私も一か月くらいは**時間のやりくりが上手くいかずイライラしていました。私も余裕がない、でも隆誠としては何で急に構ってくれなくなったのか、解らないから泣くしかないわけです。つい大きな声を出して怒ってしまって、でも子どもはママが大好き（大好きでいてくれたかな?）なので、どんなに怒られてもそばにいたいんですよね。私が座る車イスの後ろに、ピタッとくっ付いて離れませんでした。可愛い手足を踏みそうで、何度も「危ないよ」と言うのですがお互いに余裕がなくて、仕方なく一旦車イスから下りて、深呼吸してからゆっくりと話しかけてみたり。お互いに徐々に慣れていきました。叱ると怒ってかみつくか、床に頭を打ち付けたり。止めなきゃいけないので焦りますし、なぜやっちゃいけないのか?を理解させるにはどうしたらいいのか悩んだ時期がありました。構ってほしいという〝感情〟を**

ぶつけていたんだと思います。私としては、他の子にかみつくようになってはいけないので、必死で汗だくでした。疲れ過ぎて涙することも多かったです。

二〇一九年五月から市内で療育を受けることになりました。親子で通うところで、週一回の午前中だけで月に一度お弁当持ちの日がありました。**私は朝の支度から、帰ってくるまでずっと緊張していたと思いますね。ウンチはなるべく家で済ませてほしいので浣腸したり、私自身の支度でも時間を要するので朝から必死でした。車に隆誠と荷物を載せてもらわないといけないので、スムーズにできるように入り口に荷物を寄せておくと、ファスナーを引き中身を出して色々広げてくれちゃいますし〝荷物チェック〟をしていたのでしょうかね？ 這って出る私は膝サポーターを付けるので、いつも見ているんですよね、後に手伝ってくれるようになりました！ 優しくて賢い子です。人見知りをするのと、午前中は眠いことが多いのでギャン泣きしていたり、私が一緒にいてもお友達の輪に入らず、始めは二人で遊ぶことが多かったです。隆誠なりに、家ではない環境に慣れようと頑張っていたと思います。抱っこは先生にお願いするしかない中で、私がいるかを確認しながら〝大好きな電気のスイッチ〟や、〝エレベーターのボタンを押して見せて〟くれたり承認欲求は大きな成長の証しですよね。私はどうしても動**

作が遅いので、常に待たせることになってしまうんです。「ママはトイレに行ってくるから待っててね」これ、私は何度言ったことか。家でも、療育に行った時も待っていてくれて、とても賢い子です。トイレに時間が掛かるので、帰りがいつも一番最後になってしまいます。先生と待っていてくれますが「待たせているので申し訳ない、もしかしたら寂しい想いをしているんじゃないか？　私ってかわいそうなことをしちゃってるかぁ……」と思ってしまうこともあり「りゅうちゃんは、ちゃんと解ってるから褒めてあげれば良いんだよ」と先生は言ってくださいました。靴を履くところを見て、電動車イスを指差して「ママ来たね！」車イスの積み下ろしが完了するまで待ったり「りゅうちゃん、お待たせ、ありがとう！」本当に良い子です。家だとたまに泣いたり、空腹で怒っていた時もありました。親は悩むものだと思うんです。良い子じゃない日があったって愛おしい息子です。家が子どもにとって安心できる場所にしたい。気持ちをぶつけてくれるのは必要とされている証拠ですから。車での外出が好きになったのか「お出かけだよ！」と言うと、車庫側の出入り口に向かって鞄を引きずりながら動いていたり、私が「出発進行！」と言う習慣をつけていたら片手を挙げるようになりました。

　月一回のお弁当の日は、みんなで一緒に食べるのですが**ステップアップのために、先生の補助のもとスプーンを握って食べましょうと試みたとき、ギャンギャン泣きながら怒っていて、**

夫も私も見ていて辛かったのですが、隆誠のためと思いその時間は我慢しましたね。でも「嫌がってるのに何で?」と思いました。〝ダウン症の子は頑固だから〟と言われましたが、私は『我が強いのは悪いことばかりじゃない』と思います。嫌でスプーンを投げる、食器をひっくり返したり、命に関わる大事な薬を嫌がって払いのけたりするのは駄目なので私も強く叱りますが、「嫌がってるよ、これじゃ無理矢理だよ!?」と、私は「もう止めよう」と言い夫は隆誠を抱きしめていました。その日帰ってきてから夜まで、隆誠は癇癪を起こしなかなか寝ませんでした。本当に嫌で仕方なくて、気持ちを解ってほしかったんだと思います。

隆誠の朝ご飯は、夫が食べさせてくれて私は八時過ぎから、夫が帰宅するまでの時間を隆誠と二人で過ごしていました。夫を送り出してから洗濯物を畳んだり、オムツ替え、ちょっとずつの片付けと掃除と、遊び相手をしつつ自分の朝食を取ります。ささっと洗えるように、昼間はそのままキッチンで食べた方が良いんです。元々私の大好物で早く食べられる、白米に味噌汁をかけてかき込むとか。寝ぐずりしたりイタズラしたりするので、なかなか落ち着いて食事できなかったり、十二時が朝昼兼用の日もあれば「今日お昼食べたっけ?」と分からなくなったり、忙しくて気付いたら夕方になっていたり。自分の身体を休めるために、一緒にお昼寝しようと「おいで」と呼んでお腹の上に乗せて眠ったけれど、子どもの体温は高いので私のお腹は汗でベタベタでした。着替えたくても身動きが取れず、休憩にならないと思っていたら携帯電話が鳴って、保健士さんと新生活はどんな様子か話していたら、インターフォンが鳴って。眼が冴えてしまうこともありました。**車イスに乗ったまま、眼をつぶるだけでもいいから休もうとすると「ママ！　ママ！　大丈夫？」と心配になるようで足をトントンして起こされました（笑）。夫が風邪を引いて身体がきつくて帰宅後すぐに就寝したとき、ものすごい形相で泣いているパパを見ていたんです。不安で怖かったのかもしれません。「隆誠、大丈夫だよパパは疲れて寝てるだけだから、大丈夫だよ心配しなくても明日には元気になるから、大丈夫だからこっちにおいでママと一緒に寝よっ」と話したら落ち着いてくれて私も安心しました。自我があるので、言うことを聞かなくて親子げんかもしましたが、入院すると寂しそうに「ママまた来てね」と話せないけれど手を振ってくれたり、私が面会に行った日は安心してよく寝るようで、同室のお母さんが教えてくれました。注射や検査をした日の夜、ものすごい音の歯ぎしりをして心配で寝付けなくて、訪問看護師さんに相談するために録音したこともありました。「いっぱい我慢してるのかなぁ」と思えて泣いてしまいました。『私が健常だったら……』と事あるごとに思いましたね、今もです。**

できることは一生懸命する、できないことはお願いする健常な親であっても、育児というも

のはサポーターしてもらわないと大変なときはあると思いますが、やはりお願いしなければできない私にとっては〝親なのにできない〟ということが辛いのと、お互いに寂しいのと、甘えたい気持ちを表わしてくれる我が子を、病院に置いて帰らなければいけないことが辛くて隆誠がかわいそうで、帰宅した途端に号泣してしまったことがありました。私が一番寂しかったのかもしれませんね。

夫の帰りが遅いときは、ベビーバスに入れていました。ベビーバスなら私でも何とかできるんです。初めは緊張で全身の筋が痛くなりましたけれど、私がバランスを崩して転ぶ可能性も、隆誠がシャンプーを嫌がって転ぶ可能性も、両方とも起きる可能性もあります。私が転ぶかもしれませんが、自分は濡れてもいいくらいの気持ちで、嫌がるシャンプーをささっと済ませるために私は汗だくですよ。洗い終わって身体を拭いて、パジャマを着せたらすぐ寝ぐずりが始まり、夫の夕飯の支度の〝続き〟をしながら童謡を歌うという……。隆誠が寝たら疲れがどっと出て、じゃあビール‼ となるわけです。できるだけ夫の負担を減らしたい、私ができることを増やしたい。安全にいくように工夫しながらできることは何でも精一杯してあげたい。私の姿を隆誠に見せることで彼の将来に役立つように、工夫すればできるということを、今はまだしゃべれないし歩けない、年月が掛かってもいつか理解してくれたらと思っていました。〝自分でできるってすごいね！〟と思いっきり褒めて二人でハイタッチするんです。ニコニコで可愛いんですよ。お出かけから帰ってきて、隆誠が先に家の中に入ったら、私が入りやすいように隅に避けて待つとか、私が眼鏡とマスクを着けたら「お出かけだ！」と思ったのだと思います。ドアの前で待っていたときは、賢さに驚きました。その日は目が痛くて眼鏡をかけたのと、咳が出たからマスクを着けただけでお出かけの予定はなかったのですが、私は思いっきり褒めましたね！『ママは車の運転をするから眼鏡をかけるんだ』と認識しているんですよ、すごいですよねぇ!!

自分で歯磨きをしていて時々、歯ブラシの枝の方で磨いていて「逆です逆です」と言うとちゃんと理解していました。私は、隆誠に対して赤ちゃん言葉は使わないと早くから決めていました。

部屋の入り口で待っていて、私が着替えたパジャマを洗濯かごまで引きずって持って行ってくれたり、途中で飽きて遊んでしまうけれどお風呂の前に、自分が服を脱いだ時もちゃんと入れていました。大人のすることをよく見ていて、オムツや着替え、保湿クリームや軟膏を床に並べて用意したり本当に賢い子です。『ある日突然もしかしたら一気にしゃべるのかなぁ？』と日々待っておりました。料理番組のジングルを聞くと条件反射で身体が動き、テレビの方に行ったり「ん！　ん！」と言って私に知らせたり、炒めているところよくガン見していて、美味しそうに見えたのか？画面を舐めていて大笑いしてしまいました。楽しませてくれる子です。それなのに、おかずは決まったものしか食べないので謎です。情報番組のジングルとオープニングのゲスト紹介の拍手、クイズ番組で回答者が正解したら一緒に拍手は欠かせません。

食べ物を上手にかめないから歯が尖っているわけで、歯固めを購入しても予想通り嫌がり、クロスや木製のテレビボードをかんでいたり、私が叱るとイライラしていたのか顔を見ながらかんでいました。何度注意しても同じで、たとえむせても変わりませんでしたね。**テレビを観る時も目線が丁度いいのか、ローテーブルの上に座っていてこれも何度注意しても聞かず、最終的に油断して後ろ向きに転がり落ちてギャン泣きしていました。私もとっさの動きが難しいので間に合わず、隆誠は頭を打ってしまうのでヘッドギアを申請したのですが、気分がいい時で数分の間被るだけでした。走る回るようにな**

「ママのスマホ、面白くて好き！僕はダウンロードして好きな音楽を聴くよ♪」

ったら私にとっても危険だと思い市販のヘルメットを購入したんですけどね。

夫は会社から疲れて帰ってきて、ゆっくり夕飯を食べたいのですが隆誠は絵本を持ってきて「あっ！　パパに読んでもらおう！」と一生懸命なんです。パパの時はこの本の、ここのページというお気に入りがあるんです。一度は早回しで読んで「もう一回」と催促され夫が「食べ終わるまで待って」と言うと今度は私に**「ママ、パパに読んでって言って！」と交互に指差しで一生懸命訴えるんです。ママが読んで、ではなくママが代わりに伝えてと。すごく考えてますよね。〝自分でやってみて、できないから別の方法を〟私も母から教わってきたことです。『やっぱり私の子だなぁ』と思いましたね。**つかまって立ち上がると、色々なものが見えるから何がどこにあるか覚えますよね。夫の財布のファスナーを開けて千円札を出して食べてしまったり、トイレの中にいた私にドンドンしていて寂しくて怒っているのかと思って急いだのに、扉を開けてみたら、なんと隆誠は私のスマホを充電器から外して持ってきて「パスコード押して！」と訴えて「賢いけどさ、それかよ！　ママはハグしようと思ったのに」と言ってしまいました（笑）。**しゃべれなくても、赤ちゃん言葉は使わないと決めていたのでそこは変えず動作を付けて説明するように心掛けて接していました。オムツ替えも、食事も歯磨きも、椅子に自分で腰掛けることも。あえて「何をしてほしいの？」「りゅうちゃん、次は何をするんだっ**

たっけ？」聞いてみたり。しゃべれないけど伝えようとしているんです。絵本も動作を付けて読むのでストーリーを覚えやすいんです。私も嬉しい、ママが笑顔だと子どもも嬉しいんですよね！　ただ食事に関しては悩みで、私が作ったものは初めだけ、オムライスと肉じゃがは食べてくれました。その時だけであまり食べずほぼ毎日、白米とレトルトの離乳食で一歳半くらいの子が食べるんじゃないの？というものを、ずーっと食べていました。たまに大根の煮物をちょっと食べるくらいで、カレーライスと白米が好きでした。飲み物は十六茶だけ、ゼリーも決まったものしか食べませんでした。レトルトの離乳食でも栄養価はあるし種類も豊富なのですが、私や夫と同じものが食べられるようになってほしかったんですけどね。療育のお弁当の日もそのまま持って行きました。容器もスプーンも決まった物で、替えると『これは僕の物じゃない』と受け付けませんでした。挑戦するのですが、機嫌が悪いとスプーンを放り投げていましたし、そっぽ向いたら「はい、休憩ね！　どっか行きたいのね」ということで椅子から下ろして、その合間に私は自分の食事を取る感じでした。私の分も、同じお盆に乗せて見せるようにしていました。**躍起になっても小さな怪獣なので（笑）こちらもヘトヘトになるし、親子の口げんかになってしまう、喃語でも感情を出して怒るんです。すごいんです。私の心も折れるので何にしてもお互いにとって良くないわけです。ここは気持ちを切り替えて、新たな食べ**

物に挑むのはパパがいる週末だけにしようと決めました。言うことを聞かず私はブチ切れて大きい声が出てしまう、隆誠はかみついたり私の顔すれすれに物を投げるし、疲れて泣けてしまうけれど、いつか実を結ぶと信じていましたし自我が出せるのは『良いことなんだ自信を持とう』と思って関わっていました。二人でいる時間の中で積み上げてきたことはたくさんあります。水分補給は自分でマグマグのふたを開けて飲む、おまるでトイレトレーニングしたり歯磨きは上下左右と持ち替えて磨く、ママから受け取ったらゴミ箱に入れる、ママが車イスに乗っている時に落とした物を渡す、インターフォンが鳴ったら玄関を指差す、スマホで音楽や動画を選択して繰り返し観る、自撮りが得意、たまげたのは服の襟元を持って浮かせてから脇に体温計を挟むこと。高度なことができて、消毒用エタノールで体温計の先端を拭いていた時は、訪問看護師さんも私も驚きすぎて声が出ませんでした。

〝いただきます〟〝ごちそうさまでした〟〝おはよう〟〝おやすみ〟〝バイバイ〟〝上手、上手〟動作で表現できて、発声と同時にはできませんでしたが。頭ゴシゴシの動作はするのに、好きだったはずのシャンプーが大嫌いになってしまいました。歩けなくてもしゃべれなくても理解力はすごくありました。療育の先生や看護師さんにも「ママがどれだけの愛情をかけてるか分かるよ」と言ってもらえて、日々の疲れも報われた気がしました。

私の父は六人兄弟の三番目で現在七十九歳です。
みんな高齢になってきて、母が亡くなってから親戚にはほとんど会えておらず私の結婚式でものすごく久しぶりに集まることができました。母方は日帰りできる距離ですが、父の方はみんな遠方なので会えなかった伯母にも隆誠を見せたくて元気な内にと思い、二〇一九年五月に三人で会いに行きました。父の実家は遠方なので三人とも疲れましたが、急に父も一緒に行くと言い出したこともあって（笑）里帰りに近い形になりました。私と夫と隆誠はホテルに泊まり、父は実家で兄弟水入らず、全員は揃いませんでしたが三人でお酒を飲んだようで、その一か月後に伯父が急逝してしまったのですが、最後になったけれど一緒にいられて良かったと思います。

七月は一度しか療育に行けませんでした。手足口病にかかってしまい、たった一晩でブツブツが一気に増えて痛みのせいで食欲がなく、冷やしたゼリーを少しずつ食べたり微熱があるため始めの二日くらいは泣きっぱなしで、私は何度も手を消毒したり一日で何回も洗濯したり、そばにいて身体をさすったり汗を拭いたり、看ていてとてもかわいそうで私も泣きたくなりましたね。綺麗に治るまで一か月くらい掛かりました。九月は療育に行くことができたのですが、ある日の夜何だか隆誠の顔がむくんでいるように見えて、次の日が市内の病院での診察だったのですが、まず心臓治療で掛かっている方の病院に電話してどちらに連れて行けばいいか確認しました。その時「まず掛かっていただいて、指示があれば来てください」と言われました。その日の朝の隆誠は息苦しそうでしたし、予定通り診察に行くことにしまして、むくんでいるようだったのでレントゲンを撮ったのですが、その時点では変化はなかったんです。それから一週間後くらいに丁度、心臓の方の診察日だったので間に合いました。その日は根治手術から三か月後の受診で、レントゲン写真を撮ったところ真っ白だったんです。心臓肥大していたんです。素人の私でも大変なことになっているのは解りました。逆流を起こしているため、今すぐではないけれど五年〜十年くらいの間に手術をした方が良いと聞かされていたのですが、右心室が動いていないことが判りすぐに入院するように言われレントゲン写真を見た先生は「お母さん、この三か月間何かありました？」と聞いたままエコーを見終えても次の指示をなかなか出してもらえず、不安が増すばかりでした。義母に付き添いをお願いして入院となりました。以前は義金曜の夜から日曜の夕方までは夫、それ以外の曜日は義母が付き添ってくれました。以前は義母はパートに出ていましたので夫が中心で、介護休暇や有給休暇を使って付き添ってくれていて、昼間に私と義母が様子を見に行く形でした。義母は定年退職して時間に余裕ができたので、メインで付き添いをお願いしました。平日二人きりの時間、病院という環境は大人でも入院中

は不安などストレスが掛かるものです。付き添う方もエネルギーが要りますし、大きくなって自我も出てきた三歳児ですから義母の不安は大きかったと思います。「お腹が痛くなってきた」と言っていました。病院食を食べてほしいけれど、もしも食べなかった時のために自宅からレトルトの離乳食と食器、ぐずった時のためのバランスボールも持って行きました。病院食を始めは食べなくて「そっちにして」とレトルトの方を指差していましたが、白米は好きなので色々なおかずと混ぜて持ってきた食器に移し替えて食べていました。ちゃんとかまず飲み込むせいか、お腹の減りが早いので冷蔵庫に入れてあるゼリーを「出せ出せ」と言うんです。「もうないよ」とか「ご飯が食べれなくなるから後にしようね」とか色々言っても通用せずワーワー言うので仕方なく食べさせるという……。**義母から〝甘やかしてごめんなさい〟というメールが来ていました。疲れていたと思いますね、私の方も「ごめんなさい」という気持ちになっていました。病院じゃ思い切り遊べませんし、お互いにすごくストレスを感じていたと思います。退院が近づいてきて、義母は「私が一番嬉しい」と本音を漏らしていました。自分の家が一番落ち着きますからね。**

三か月間、利尿剤は飲んでいなかったのですが心不全になったことで、再び飲むことになりました。薬があれば症状が安定すると判ったので続けるように言われました。でも心臓肥大し

ていること、右心室の動きは悪いままなので再び心不全になりやすい状態にあるため手術が必要だと言われました。この日、私は〝手術〟と言われると想定して外来に行きましたけれど「根治手術をしたのに、やっぱり人工弁にした方が良いんだろうな」と思いました。その時はベストな術式だったかもしれませんが、根治＝大丈夫だと思いますよね。正直言って『まだ手術しないといけないの？』と思いました。

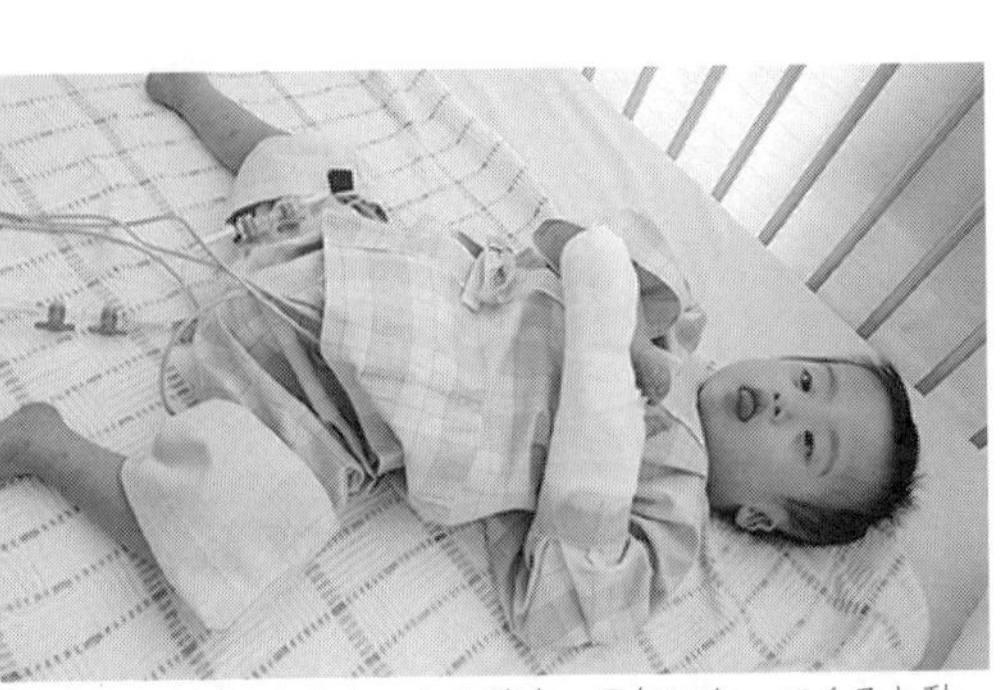
「看護師さんごめんなさい」入院中、元気になってくると動き過ぎてチューブがぐるぐる巻きに。

三歳になったので就園先を決める必要があるし、私だけで幼稚園の見学に行ったり隆誠と二人で行くこともありました。やっぱり歩けないと集団行動は難しく、先生が付きっきりというわけにはいきませんから「～してほしい」と言葉でまだ意思表示できなかったので、心臓のことなど色々考えると健常な子たちと過ごすのは難しいので諦めました。最終的に、療育でお世話になっているところの同じ建物で、障害を持つ子どもたちが通っているところに決めました。十二月、体調が不安定な隆誠を心配しながらも私は入園説明会に行きました。〝二月に手術の説明を受けて、ゴールデンウ

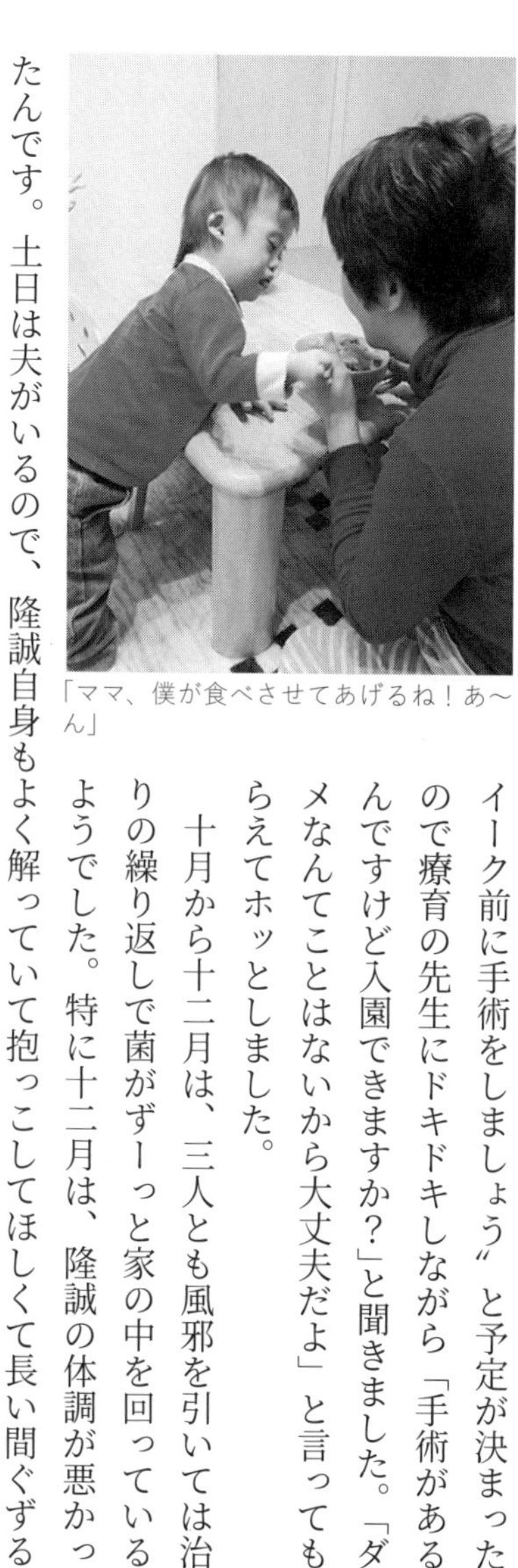
「ママ、僕が食べさせてあげるね！あ〜ん」

イーク前に手術をしましょう〟と予定が決まったので療育の先生にドキドキしながら「手術があるんですけど入園できますか？」と聞きました。「ダメなんてことはないから大丈夫だよ」と言ってもらえてホッとしました。

　十月から十二月は、三人とも風邪を引いては治りの繰り返しで菌がずーっと家の中を回っているようでした。特に十二月は、隆誠の体調が悪かったんです。土日は夫がいるので、隆誠自身もよく解っていて抱っこしてほしくて長い間ぐずることが多かったんです。冬場は感染症の心配もある、疾患があることによって重症化しやすいので予防のためにシナジスを打っていましたが二歳で終了してしまうんです。**ダウン症の子が、三歳になってシナジスを打たなくなったら肺炎で入院してしまった**という話を十一月に入院した時に看護師さんから聞きました。私たち家族は『**歩けるくらいに大きくなるまで打てたら良いのに』と今でも思っています。**確かに、隆誠は風邪ばっかり引いていました。クリスマス前くらいから、あまり食欲がなくてそれでも薬を止めるわけにはいかないので泣いて嫌がっても飲ませていました。こちらも疲れてくるので怒ってしまったりしたのですが、ただの寝ぐずりではなかったのかもしれない、今となっては思いますね。調子の良いときもあって、普段通りテレビボードにつかまり立ちしてテレビを観ていたんです。でもクリスマスイヴを過ぎてから、横になっていることが多く白米しか食べない、入院する直前になるとお茶はすごく欲しがるけれど「ちょっと御飯食べてみる?」と聞いただけで「嫌っ」と顔を歪めるくらいハッキリと伝えていました。それぐらい身体がきつかったんだと思います。呼吸が少しでも楽になればと思い、頭の位置を高くしてみたり表情を見て元に戻してみたり、眠りやすいように昼間でもカーテンを閉めて暗くして、テレビも消して私がトイレに行こうと、ちょっと離れようとしたら腕を絡ませてきたので私は不安になりました。身体はきついのだけど、隆誠は私に「耳掃除して」と訴えていました。一番落ち着くことなんですよね……。

十二月二十八日、白米をほんの少し食べただけでお茶をすごく欲しがっていました。昼間に嘔吐してしまい、年末だけどどっちの病院に掛かろうか私は悩みました。食べられなくても薬は飲ませなければと、夫が抱っこしてあげたら再び嘔吐してしまいました。「ダメ! やっぱり病院に行こう、取り敢えず入院させてもらって落ち着いたら移って詳しい検査をしてもらおう?と夫に伝えて時間外診療に行ってもらいました。メールでも「入院させてもらうんだよ!」

と再度伝えて連絡が来るまで心配でたまりませんでした。数日前に風邪で受診したばかりだったのですが、レントゲン写真を確認し、心臓の音を聞いてみて、血液検査をしたら脱水と低血糖になっていることが判りそのまま入院になりました。その時の私は家にいるよりは安心だと思ったから決断したんです。それでも不安でした。夫も年末休みに入ったところでしたし、日々頑張ってくれていたので疲れていたと思うんです。明日から休みだったのにと、口には出しませんでしたが思っただろうと推測ですが荷物を取りに一旦帰宅した夫の様子を見て思いました。

十二月二十九日の昼間、義母も病院へ行ってくれました。やっぱり食欲がなくてぐずっていて、私はというと風邪の治りが悪いので三十日に、チラッと顔を見てすぐに帰ってこようと思っていました。ぐずるので私の声で動画メッセージを送信しました。「りゅうちゃん、パパの言うことをちゃんと聞くんだよ夜は他のお友達もいるんだから静かにしていようね、元気になるから大丈夫だよ、ママは明日行くから待っててね大丈夫だからね」と。夫が送ってくれた写真を見たらこの日の隆誠は、私が見ても顔がむくんでいる感じでした。私は、今思えばですが夫を病院へ送り出す時、胸騒ぎがしました。

夕飯を食べ片付けて、入浴してさぁ寝ようとしたら。

日付が変わった午前一時、隣りに住む義母からの着信がありました。

ドキッとしました。『お義母さん？　どうしたんだろ？』

「隆誠の心臓が止まりそうだって！　急いで支度して！」

私の心拍数が一気に上がりました。バクバクして「りゅうちゃん……やだ、りゅうちゃん」私は靴もちゃんと履くことができず、夫の携帯電話を鳴らしたら泣きじゃくっていました。「しっかりして、倒れたらいけないから椅子に座って待ってて」と電話をつないだままにして急いで義父母と一緒に病院へ向かいました。到着して話を聞くと、ぐずっていたから病室から出て多目的ルームに来て、夫はずっと抱っこしていたそうなんです。「やっと静かになったなぁ寝たかなぁと思ったら、呼吸をしていない感じがして呼んでも反応がなくて急いで看護師さんと先生を呼んで、目の前で心臓マッサージが始まってすごく怖かった、俺がそばにいたのに……隆誠に会いたいよぉ」と言って泣いていました。

レントゲンの機械、エコーなどを運んで先生たちが行き来していました。私は「もし駄目だったら検査なんてしないですぐに呼ばれると思うよ、大丈夫！　りゅうちゃんは頑張ってるから！」と夫に声を掛けました。祈るしかなかったです。

夫は「苦しそうなんですけど大丈夫ですか？」と看護師さんにも先生が来た時にも聞いたそ

うです。脱水と低血糖のため点滴をしたのですが、その点滴をきっかけに顔がむくんできたのです。でも、脱水を著す数値を見ると落ち着いてきたので様子を見ましょうと言われてしまいました。身体に溜まった水は心臓に負担を掛けているというのに、一度心臓が止まってしまって意識がないのに溜まった水をなかなか抜いてもらえず、頻繁に先生が出入りするのを見ていて少しだけ状況を聞いたのですが、もちろん私たちは中には入れてもらえないので会えるまで待つしかありませんでした。

「二十一トリソミーで心疾患があるということで、この先の治療をどうするか？　予断を許さない状況なので安楽に、ということも考えておいてください」と言われました。隆誠はＩＣＵに移動して、血圧などは安定したので面会時間の説明などを受けました。その後、面会して私たちは一旦帰宅しました。私は深夜に病院に来て頭痛がしていて、帰っても心配で寝付けず眠りかけた頃だったと思います「容態が悪くなった」と病院から連絡がありました。駆けつける車の中で夫は「大丈夫、隆誠は強い子だから大丈夫」と声を震わせていて、でも私は心の中で『帰らずにそばにいればよかった、多分駄目だな』と思っていました。母の時も、みんなが帰宅したら容態が悪くなったんです。

病院に着くと隆誠は心臓マッサージを受けていました。そんな状況下で私たちは主治医から

話を聞き、薬を入れても身体が反応しない、心臓マッサージをしても負担を掛けるだけ、元々肥大していたこともあってだいぶ疲れてしまっている、この状態から回復することは僕の経験上ないです」と。「どうしても今決めなきゃいけませんか?!」と夫は泣きながら聞いている。私は状況は理解できても、どうしても言葉が出てこなくて隆誠を見ているだけでした。義母も泣いていました。とても辛い決断をして心臓マッサージと機械を止めてもらいました。口をパクパクと動かしていました。最期に何か伝えてくれたのかもしれません。お腹もちょっと動いていました。


二〇一九年十二月三十日、十時二十九分。

ゆっくりと呼吸が止まり「隆誠、ありがとうパパはすごく楽しかったよ」

「りゅうちゃんいっぱい頑張ったね、ありがとう」

廊下に出た私は、訪問看護師さんや親しい友人に連絡しました。

隆誠の身体を綺麗に洗ってくださった看護師さんも泣いていました。「お母さん、ごめんね」「髪の毛サラサラで色白で可愛い子だね」と声を掛けてくださいました。「そうなんです、すごく可愛い子なんです……」よく履いていたお尻のところに、くまさんが付けてあるズボンと

〝コッシー〟のトレーナーが似合って、着るとちょっぴりお兄ちゃんに見えるのが私にはお気に入りで、最後に着せてもらいました。

私の父と兄が病院に駆けつけた時には、息を引き取った後でした。父にとっては隆誠がたった一人の孫だったので、やっと孫ができたのに本当に父には申し訳なくて謝りました。私たちは先生方にお礼を言い、まだ温かい隆誠を連れて帰りました。

すぐに自宅に駆けつけてくれた友人と二人で、隆誠の頬にピンク色のチークを塗り呼吸器をつけていたせいで肌が荒れてしまった口元にはリップを塗りました。とても可愛い顔で、昔母が亡くなって死に化粧をした日を思い出してしまいました。葬儀屋さんがすぐにいらっしゃって、日程などをお話してくださいました。私としては三人で暮らす新しい家での初めてのお正月になるので、時間の許す限り家で過ごしたいと伝えました。「それなら、ぜひそうさせてあげてください、特に小さいお子さんはお家で普段通りに過ごす方が安心されます」と言っていただけて安心しました。ありがたかったです。お通夜はせず、お家で過ごしてから葬儀のみ場所を移すことに決めました。私はショックが大きくてお昼の助六寿司が一口だけで吐きそうになっていました。

夫の実家に住んでいた頃は、一つの部屋に三人で寝ていました。川の字で寝始めても寝ている間に寝返りをしてドアの前にいたり、寝ながらテレビボードに身体を何度も当てていたときもあって、素晴らしく寝相が悪かったんです。夫と隆誠は体温が高かったので、クーラーの温度設定は低いんです。私とは体感温度がかなり違うので夏場は三人で寝られませんでした。「久しぶりに川の字で寝るねぇ」腫れた瞼(まぶた)、真っ赤な目になってしまった夫と私でした。なかなか寝付けませんでした。

テレビをつけていても、大晦日の紅白歌合戦の内容が耳に入っていませんでしたね。ずっと隆誠の体調が悪くて落ち着かなかったので、年賀はがきを購入しても印刷できず悲しくて寂しいお正月になってしまいました。友人は「年賀状が届くけど辛かったら見なくていいからね」と気にかけてくれました。一月二日の葬儀は行けないからということで三十日、三十一日、元旦とたくさんの友人知人が自宅に来てくれました。隆誠が療育を始めたことでママ友ができたので私にとってもすごく嬉しかったです。疾患のある子どもを育てるママたちなので、私が**どちらの病院に掛かるべきかを悩む気持ち**に共感してくれているので余計に涙してしまうのだと思います。「〇〇の方にしておけばよかった一生懸命やってきたけど最後の最後に間違えちゃった」と私は号泣してしまいました。遺影は「♪あーがりめ、さーがりめ、ぐるっと回ってネコのめ♪」を歌い「にゃー」とやった瞬間に撮れた奇跡の一枚にしました。十一月頃は、不思議と笑顔の日が多くて何か解っていたのか?と色々考えてしまって悲しくなるのですが、私たちを優しく応援してくれているような可愛い写真です。

「祭壇は可愛くしてください、くまのプーさんがいいです、プーさんなら隆誠が解るので」とお願いしました。供花の名前は〝じいちゃん〟〝ばあちゃん〟〝大きいばあちゃん〟〝○○おじちゃん〟〝○○おばちゃん〟と、隆誠が見て解るようにするといいことも、葬儀屋さんの心遣いが嬉しかったです。葬儀場に移って、参列していただいた方への挨拶をしました。皆さんに読んでもらいたかったので、私と隆誠の格闘の日々をつけていた〝りゅうちゃんノート〟と節目節目で撮ってきた写真を持って行きました。「悲しいけれど、愛にあふれていて、温かい気持ちになったお葬式は初めてだよ」と友人たちは言ってくれました。私は、身体に触れられるのは今日で最後なんだと思うと号泣してしまい「ママはずーっと愛してるからね」と繰り返し声を掛け「りゅうちゃんはママ似なんだもんね!」と伝えたい気持ちがあふれてきていました。

療育でお世話になった先生には、よく帰る前に駐車場で話を聞いてもらいましたし、訪問看護師さんには生後三か月からずっとお世話になって本当にたくさん可愛がってもらいました。

私もたくさん話を聞いてもらったので、泣きながらでしたがお礼を言いました。

骨だけになっても隆誠の賢さを感じましたね……。『たくさん考えて色々覚えて、しゃべれなくても私たちに一生懸命伝えてくれたもんね、歩けなくて足の骨が細いなら、賢いから頭は大きいなぁ』と思いました。

悲しくて仕方ないけれど、本当によく頑張ってくれました。

未開封のオムツ、未使用の歯ブラシや歯磨きナップ、おしりふきは知り合いに受け取ってもらいました。でも捨てたくない、大事に取っておきたい物はたくさんあって、おもちゃや服、ベビーカーもチャイルドシートも食事で使っていた食器や椅子も処分できないんです。シャンプーとボディーソープは私が使い切りました。お風呂用に買ったおもちゃも、大嫌いだったシャンプーハットも大切な隆誠がいた証しです。

～隆誠が星になってから～

市役所へ手続きに行った時、住民票を見たら〝除票〟と記載されていて悲しくなってしまいました。療育手帳の返却も「息子が亡くなったので」と言うのに苦しくなりました。手帳用に撮った写真は今、財布に入れています。

〝遺骨ペンダント〟という身につけていつも大切な人と一緒にいられるように少量の遺骨を残して置けるペンダントを作ってくれるところがあるんです。納骨する時期は夫の気持ちに任せようと思っていました。最後の入院中に付き添っていたのは夫なので、そばにいたのに気付いてやれなかったと、夫の方が後悔が多いかもしれないと思ったからです。「少しずつ前に進もうね」納骨は一周忌にしようと決めました。

自宅のトイレに行っても、もう追いかけて見にこないんだ。ぐずった声に起こされることもないんだ。テレビボードをこれ以上かむことはないんだ。ランドセルを背負う姿も成人式もできないんだ。

育児を頑張れたのは〝成人式に行くんだ〟という希望があったからです。結婚して私は母になり隆誠のために頑張ってきました。かけがえのない隆誠を亡くしてしまって『頑張るって、どうするんだっけ……』と分らなくなっていました。でも、隆誠の看護や治療に尽力してくださった方はたくさんいるため、深い悲しみの中ではありましたが夫と二人で挨拶に向かいました。隆誠のようにはなってほしくない、疾患を持つ子どもたちの家族が私たちのような悲しい思いをしないように、自分の思いを伝えたい。医師ではない私たちだけど、子どもたちの未来につながるように親として伝えていかなければいけないと思いました。お世話になった病院は二つありますが、最期となった方の病院に私はまだ足を運ぶことができません。疾患を持つ子どもたちは複数の病院を掛け持ちしているのがほとんどだと思うのです。お世話になったお礼と合わせて、私は先生にお願いをしました。悲しいので、どうしても涙声になるのですが。

たとえ風邪であっても、受診したらカルテに書かれたデータを共有できるようなシステムを作ってもらいたい。急変した時に〝最優先にしなければいけない〟処置を間違えたり、手遅れにならないようにするためには、正確な情報が必要だと思うのです。住んでいる場所によっては大きな病院がない、隆誠のケースで言えば心臓の手術をしてくれる病院に通わないといけない。その病院は、住んでいる場所によっては長時間かけて行く必要があるわけです。風邪や予防接種などは近くの病院でも問題ないと思いますが、疾患のことは数多く手術を行っている専門の先生がいる病院に行かなくてはなりません。元気だったのに悪化することもあるのです。親は、子どもの体調を見て【どっちに連れて行くべきか?】風邪くらいで大きな病院に行ってもいいのか迷うことがあるんです。素人でも難しい判断をしなくてはならないのです。

病棟にも行ってお世話になった看護師さんに挨拶しました。二人の看護師さんとお話したのですが、数日前に検査入院でお世話になったばかりだったので看護師さんも私も夫も泣いてしまいました。なぜだか分かりませんが、私は話しながらずっと看護師さんの手を握っていました。その後、新生児の病棟にも挨拶に行きました。お世話になった看護師さんがほとんど異動されていて一人しかお話できませんでしたが、隆誠のことを覚えてくれていました。それだけずっと、小さな身体で頑張ってきたのです。

『根治手術したのに』、『行く病院を間違えたんじゃないか?』、『私も行って、しっかり調べてくださいと言えば生きられたんじゃないか?』

「むくんで苦しそうですけど、大丈夫ですか?」と夫は確認したんです。

『なぜもう一つの病院にも連絡してくれなかったの?』と後悔するばかりです。

　私の身体には帝王切開の傷だけが残ってしまった、でも産んだ証しですし、隆誠がいた証しです。いないけどいるんです、そばにいると思うんです。隆誠の声を聞いたり抱っこもできない。就園が決まって『お友達をたくさん作って楽しく過ごしてほしい、どんな風におしゃべりするんだろう?』と考えても、命が絶えてしまった隆誠には未来がないんだと思うと悲しくて仕方ありませんでした。『もっと甘やかしておけばよかった』と存在が大き過ぎて苦しくてたまりませんでした。隆誠は苦しくて訴えていたはずなのに、助けてあげられませんでした。家のどこにいても、隆誠との思い出がしみついていて号泣してしまいました。

夫と二人で、療育の先生たちにも挨拶に行きました。廊下で私の顔を見た瞬間、先生も泣いてしまって言葉にならなくて、教室に入れてもらってお話したり先生方のご厚意で最後に〝パプリカ〟をみんなで歌いました。号泣してしまいましたが、隆誠のお気に入りの曲で、振り付け込みでよくお風呂で夫と遊んでいました。号泣してしまいましたが、とてもありがたかったです。「また来てね」と言って頂いたのですが、いつ行ったらいいのか泣いてしまいそうで少しだけ胸が苦しくなります。いつか笑顔でお話できたら、日にち薬に任せる私です。

チャイルドシートやベビーカーの必要もなくなって、車の中がすっきりしてしまい喪失感が増していました。半年経った頃から、運転して一人で出かけるようになったことで今は慣れました。

TBSドラマ〝恋は続くよどこまでも〟というラブコメディーが二〇二〇年一月から放送されていました。病院のシーンが多く、病気と闘う小さな子どもも登場するので私にとっては耐え難い気持ちになることもあったのですが、明るく観ていて楽しいシーンもたくさんあって次第にヒロインに励まされていきました。感謝の気持ちをと、ファンレターを書いたほどです。

没頭できることがあって本当に救われました。

半年過ぎても色々思い出して泣いてしまうのですが、隆誠の姿、形は変わってしまっても私たち夫婦のそばにいると思っています。生きていた頃と同じように、〝おはよう〟〝おやすみ〟〝ただいま〟〝さぁお出かけだよ〟〝ママは今からお風呂だよ〟と毎日しゃべっています。**声に出した方が元気に過ごせると思うからです。**隆誠は私が笑うとすごく嬉しそうにしていたんです。寂しい、悲しいけれど隆誠のためにもできるだけ笑っていようと思っています。

私は結婚が遅かったですし、その後ママになるのは戸惑うくらい早かったのですが、障害がある自分でもできることがあるのは嬉しいものです。隆誠にもらった大切な三年三か月でした。お腹にいた頃から数えると四年です、幸せな時間でした。

りゅうちゃん、ママ、頑張るからね!!

～おわりに～

隆誠が亡くなって二か月くらいから原稿を書き始めました。育児ノートやスマホに入れてある写真などを見て思い出しながら書いていきました。

育児をしていた時は、隆誠のことだけ書こうと思っていました。それは、まさか三年三か月で子育てを終えるとは思っていなかったからです。私が生まれて両親がどんな思いで育ててきたのか？　幼少期に感じていたこと、思春期に悩んでいたこと、私の社交性はどのようにして身に付いたのか？　隆誠のことを伝えるためには私の生い立ちを書く必要がありました。

朝であろうが外出先であろうが、いつだって悲しくなってしまいます。

母を早くに亡くす経験をしたけれど『こんなに泣いたかな？』と思うほどで、隆誠という存在が生きる活力になっていた私にとって、この先何をどう頑張ったらいいのか？　満たされることのない、埋めようのない喪失感と隣り合わせでテレビを観ても笑えない、始めの一か月は医療ドラマは観たくありませんでした。

スーパーに買い出しに行ったら小さい子が視界に入ると泣いていましたし、今でも辛くなったり羨ましく思います。可愛いからと、スマホに入れてある動画を見始めるのですが泣いてしまうので、抑えずに大きい声で泣いたら、別のことをする。原稿を書くことは気持ちに向き合い整理するには良かったと思います。とは言っても隆誠の最期の日のことは、ぽろぽろ涙を流しながら書いていました。でも書くと決めたことなのでやり遂げたい『隆誠のような悲しい結果にならないように、私が経験したことをたくさんの人に伝えなきゃな』と思うのです。障害のある人には自分がしたいと思うことがあったらチャレンジしてほしいですし、私のように〝**お母さんになりたい〟という夢を持ってもいいんだよということ。**生まれてくる子どもに障害があると判ったら大きなショックを受けるかもしれません。もしかしたら長く生きられない子かもしれません。でも、私のように障害を持って生まれた人が結婚して妊娠できて、お母さんになれたのです。

頑張ってもできないことはあります。障害と言ってもさまざまですから願った通りにならないときもあると思います。でも、その子がいることによって周りに良い影響を与えてくれたり、どんな障害がある子どももたくさんの可能性を持っていると思います。障害児を育てる親御さんやご家族には希望を持って関わっていただきたいです。

大変なことはあります、私自身大変な方ばかり選んで歩んできたんじゃないか？と思うこともあるんです。

でも、**『私らしいなぁ』とも思うのです。**

完

ママになりたい……私の夢でした

2021年12月27日　初版第1刷発行
著　者　山本敦美
発行所　株式会社牧歌舎
〒101-0064　東京都千代田区神田猿楽町2-5-8 サブビル2F
TEL.03-6423-2271　FAX.03-6423-2272
http://bokkasha.com　代表：竹林哲己
発売元　株式会社星雲社（共同出版社・流通責任出版社）
〒112-0005　東京都文京区水道1-3-30
TEL.03-3868-3275　FAX.03-3868-6588
印刷・製本　藤原印刷株式会社

ISBN978-4-434-29243-9　C0077